10.^{00}

WFJ
05.1

l guel

Les Éditions du Boréal
4447, rue Saint-Denis
Montréal (Québec) H2J 2L2
www.editionsboreal.qc.ca

LA BRÛLERIE

DU MÊME AUTEUR

Paysage de l'aveugle, roman, Montréal, Cercle du livre de France, 1977.

Mère Solitude, roman, Paris, Albin Michel, 1983 ; Paris, Serpent à plumes, 1994.

La Discorde aux cent voix, roman, Paris, Albin Michel, 1986.

Passages, roman, Montréal, L'Hexagone, 1991 ; Paris, Serpent à plumes, 1994.

Les Urnes scellées, roman, Paris, Albin Michel, 1995.

Mille Eaux, récit, Paris, Gallimard, coll. « Haute enfance », 1999.

Regarde, regarde les lions, nouvelles, Paris, Albin Michel, 2001.

Repérages, essai, Montréal, Leméac, 2002.

Émile Ollivier

LA BRÛLERIE

roman

Boréal

Les Éditions du Boréal remercient le Conseil des Arts du Canada
ainsi que le ministère du Patrimoine canadien et la SODEC
pour leur soutien financier.

Les Éditions du Boréal bénéficient également du Programme
de crédit d'impôt pour l'édition de livres du gouvernement du Québec.

© 2004 Les Éditions du Boréal
Dépôt légal : 4ᵉ trimestre 2004
Bibliothèque nationale du Québec

Diffusion au Canada : Dimedia

Données de catalogage avant publication (Canada)

    Ollivier, Émile, 1940-2002

    La Brûlerie

    ISBN 2-7646-0349-5

    I. Titre.

PS8579.L38B78   2004   C843'.54   C2004-941773-8

PS9579.L38B78   2004

Je voudrais que La Brûlerie *soit un livre-univers, un livre-monde, et qu'au lieu d'être une lecture lyrique du flux, elle soit une écriture de la cartographie.*

E. O., 6 janvier 2001

I

Si vous tendez l'oreille, vous percevez encore
le cri. Vous entendez encore et toujours le cri
[…] on ne peut sectionner le cri. On ne peut
le trancher. Le cri est la seule chose éternelle,
indestructible, la seule permanente…

THOMAS BERNHARD, *Gel*

Je ressuscite depuis des décennies dans Côte-des-Neiges. Que n'ai-je point vu dans ce quartier coupé par une avenue qui file droite et discrète, comme pour s'excuser d'avoir balafré ce côté de la ville ? Étalée au pied de l'oratoire Saint-Joseph, cette artère semble prier pour se faire pardonner l'outrage d'une intrusion qui profane la mémoire du lieu. Mais passons sur l'hérésie du bitume. Je connais tous les charmes et tous les pièges de ce quartier. Pendant que je ne cesse de mourir et de renaître dans Côte-des-Neiges, que n'ai-je point vu ? Maints vols d'outardes et leurs vagues ondulées quand elles reviennent de leur campement d'été.

Les brouillards et les brumes enveloppant le mont Royal tandis que la neige avance à pas feutrés. Chemin de la Côte-des-Neiges, j'ai vu passer une foule de papillons multicolores, le monde réel : plaisirs, bonheurs, espérances et chaque pouce d'asphalte, un parterre de fleurs. J'ai vu des quantités de Bédouins caracolant sur leur chamelle de transhumance, narines au vent. D'où viennent ces pèlerins fluides et froids qui s'arrêtent aux terrasses des cafés pour discuter, se disputer, douter et continuer leur chemin, traversés et portés par tous les souffles de la Terre, de l'Eau, du Feu et du Vide ? J'ai vu ces peuples des espaces intermédiaires. Chassées de leur communauté, ces cohortes de flottants ont choisi de vagabonder, poussées par le vent : guerriers en rupture de guerre, saltimbanques sans audience, professionnelles de la retape, moines errants accompagnés de nonnes mendiantes qui offrent des images pieuses figurant l'enfer et le paradis en tendant leur sébile pour l'aumône. Les trottoirs de la Côte-des-Neiges ont résonné de leurs voix rauques ou stridentes, attendries ou bougonnes, coléreuses parfois, effrayées souvent, des milliers de voix qui semblaient sourdre des entrailles de la terre.

Moi, Jonas Lazard, sur la Côte-des-Neiges, cet endroit où le temps semble vouloir s'attarder, ne bougeant que par imperceptibles soubresauts, j'ai vu des vivants et aussi des morts. J'ai entendu souffler l'Esprit du lieu, battre le rythme inhérent à cet espace. J'ai vu errer l'ombre d'un professeur émérite, sociologue célèbre, avec sa belle tête blanche et ses légendaires verres fumés. Après le lancement de son dernier roman, j'ai vu cette romancière, polonaise d'origine, déambuler bras dessus bras dessous, en compagnie de son mari qui portait un surplis rouge sur une chemise blanche à jabot de dentelle : cheveux gominés, moustache moyenâgeuse, bottillons vernis, gants de chevreau blanc, il plastronnait. J'ai vu un premier ministre, intrépide thuriféraire de la souveraineté nationale — et pourtant, sur ce sentier, il semblait marcher à reculons —, s'asseoir seul, sans garde rapprochée, à une table recouverte d'une simple nappe blanche en papier. Il avait commandé une pizza « all dressed », avait-il dit, garnie de peperoni, de champignons, d'artichauts, de poivrons, de fromage, et buvait un affreux mélange de bière, de coca et de gin tonic. J'ai vu un poète, qui se présentait lui-même comme archaïque et rapaillé, rire de ses propres facéties ; il tapait sur sa fausse hanche en levant une jambe et puis l'autre : « Oh là là ! Oh là là ! » criait-il, comme s'il était tenaillé par une convulsion tétanique. Je l'ai bien connu, ce piéton des bitumes et des pierres, arpenteur de déserts urbains, de pavés et de macadam. Il promenait ses pas dans l'existence avec une ardeur, une soif d'indéniable authenticité, un amour du pays à bâtir si grands qu'il ne souffrait aucun compromis, aucune compromission. « Je ne suis pas un homme de parti, je défends des causes », clamait-il avec véhémence.

Sur la Côte-des-Neiges, j'ai vu des hommes vénérables qui avaient connu les fastes de l'âge agraire, les derniers feux d'un Québec rude, proche de ses origines et des légendes qui l'ont bâti et des esprits qui l'ont hanté. Ce territoire, aujourd'hui, est si totalement sub-mergé par la modernité que les voix qui rappellent ce passé pourtant récent, lors même qu'elles viennent de bouches vivantes, sont, à leur façon, pareilles à celles des génies prisonniers d'une bouteille ou d'une cruche en terre cuite. Elles ne sont plus que chuchotis de fan-tômes errants. Entre le moment où, après avoir dépecé son caribou, l'homme québécois a jeté son silex affûté par-dessus son épaule et celui où nous nous prome-nons sur les grands boulevards, on dirait que cent mille ans se sont écoulés.

Qui se soucie encore du passé de Côte-des-Neiges? Qui se rappelle les tanneurs, les cordonniers et les vantaux de leurs hangars, les tailleurs de pierre pour monuments funéraires? Qui se souvient du grand ruisseau et du chemin de charrettes qui longeait la com-mune de Notre-Dame-des-Neiges, conférant un carac-tère particulier à cette seigneurie? Qui célèbre Côte-des-Neiges, terre arrosée de la sueur des hardis travailleurs, marchands, maçons, soldats, armuriers, boulangers? Qui sait encore d'où venaient ces errants que des décrets successifs tentèrent de fixer sans grande réussite? Écorceurs, tanneurs, teinturiers, spécialistes du bleu indigo, manipulateurs de poupées, montreurs de singes, jeunes filles en mal de noces et diseuses de bonne aventure, tous et toutes ont habité cette terre de passage. Un peu plus tard sont venus les constructeurs du temple et les fossoyeurs. Et plus récemment, nous, ces personnages anonymes au cœur de l'anonymat, trans-parents et visibles au sein d'un monde invisible.

La présence de l'oratoire, de quelques presti-
gieuses facultés, de la grande bibliothèque de l'Université de Montréal, du Café Campus et de deux librairies-
papeteries confère au sommet de la Côte-des-Neiges
une aura magique. Ce quadrilatère, à peine plus grand
qu'un mouchoir de poche, a pris une allure de village studieux, fréquenté par des étudiants nerds-freaks-
punks; par des intellos si imbus de Bourdieu qu'ils
se font rhizomes, si familiers de Kristeva qu'ils poussent
la coquetterie jusqu'à l'appeler Tante Julia; par quelques
noceurs décadents, talentueux et jouisseurs perpétuel-
lement angoissés, pour qui « le suicide devrait être envi-
sagé comme le plus bel art de vivre », des mondains et
des snobs par surcroît qui se prennent pour Pic de La
Mirandole, se réclament de la mouvance de *Tel Quel*;
et aussi par des hommes en trois-pièces et des femmes
cadres vêtues de lin brodé d'orfroi.

Le pied de la Côte-des-Neiges, un antre à mendiants, refuge de vagabonds, de flâneurs, de ramasseurs
de mégots, de fouilleurs de poubelles, asile de marchands ambulants et de resquilleurs de tout acabit,
réceptacle de camés et paumés des aubes blafardes, de
petits truands du tout venant, de chairs à police qui ne
mériteraient même pas une brève dans les quotidiens,
hebdos ou gazettes. J'ai marché tout le long de la Côte-
des-Neiges. J'ai marché de la rue Barclay jusqu'à la rue
Jean-Talon. Inutile d'y aller, j'y ai été pour vous. Ni
chic, ni touristique, ni même industrieux comme la
présence de quelques enseignes d'usines le laisserait
croire. Plutôt un espace indécis, un lieu en perte de

vitesse où se révèlent, dans toute leur splendeur, l'errement cosmopolite, le crime architectural, le fourvoiement aménageur, le malaise désenchanté, la misère du monde. Par-delà l'apparence d'abondance et de paix tranquille se tapissent le désordre, la violence, la détresse, la déchéance : une brutalité sourde, un malheur au quotidien, silencieux, contre lesquels l'individu n'essaie même pas de réagir. À peine tente-t-il de s'en prémunir. J'ai été témoin d'histoires dignes d'une insertion dans la rubrique des faits divers sous le titre « Rixe mortelle » : Marc Exantus, vingt-trois ans, originaire d'Haïti, a été frappé un samedi de juillet, dans la dernière clarté du crépuscule, de deux coups de couteau dont un en plein cœur. La scène s'est passée — je m'en souviens comme si c'était d'hier — à l'angle de Goyer et de Côte-des-Neiges. Au pied de la Côte-des-Neiges, on se drogue, on deale, on sniffe, on joue du couteau et de la batte de baseball, on viole à la sortie du métro, on s'en prend aux serveuses de McDo, on fait vos poches au détour de la rue Barclay, on transforme les cabines téléphoniques en peep-shows. Dionysos d'Acapulco a écrit à la mairie pour lui proposer de rebaptiser ce tronçon de la Côte-des-Neiges « rue de la Coke » à cause des nombreuses piqueries fréquentées par le tout-venant. Moi, j'aurais préféré « rue de la Soif ». Ces dernières années, les cafés et les bars s'y sont multipliés, des points cruciaux déterminant les coordonnées des destins. Les autorités policières qui ont du mal à contrôler cette partie de la ville l'ont surnommée le « Bronx ».

Les habitués de la Côte-des-Neiges, qu'ils soient d'« en haut » ou d'« en bas », ont en commun d'être des bateaux démâtés, des naufragés ambulants à la beauté équivoque dans cette rue interminable. Car il existe des rues qui ne se terminent jamais, des rues longues, pareilles à des quêtes inabouties, des rues qui s'étalent et qui deviennent des places, qui se transforment en ronds-points de villes en deuil de cloches. Que sont devenues les cloches d'ici ? Les bruits de la ville ont-ils recouvert leur voix métallique ? On ne les entend plus. N'a-t-on plus besoin d'elles pour accompagner le froid de la mort qui passe ou scander le rire de la mariée voguant vers une lune de miel en folie ? L'agitation ininterrompue aurait-elle masqué leur son ? Où sont passés carillons, glas, volées de joie ? Les cloches sont-elles aujourd'hui si archaïques, si déplacées, si incongrues ? Gare aux villes qui ne font plus résonner leurs cloches ! Pèlerins, prenez garde aux villes où l'on n'entend plus carillonner messes et fêtes ! Cela annonce des surdités sans retour. Solitude de l'être ! Le plus lamentable des bourlingueurs incarne un combat douteux et, parce qu'incertain, une défaite particulière.

J'ai marché sur le chemin de la Côte-des-Neiges, j'ai marché dans les allées de son cimetière, j'ai marché sur des milliards d'os et de têtes de morts. Sur la Côte-des-Neiges, le monde réel avec ses voies lactées et ses soleils : rages, débauches, folies dont je sais tous les élans et tous les désastres. Migrant, si vous vous hasardez sur ce chemin d'un pas flâneur, d'un pas de flâneur traînant, vous franchirez une espèce de frontière morale et métaphysique. On ne vous considérera pas comme tout à fait Québécois : il paraît qu'il faut l'être de naissance. Du moins, l'on vous acceptera comme un être humain. Ici, nous, on nous appelle : minorités visibles, mais paradoxalement on a l'impression d'être des spectres, des invisibles, tout juste après les nuages et le souffle du vent.

Chemin de la Côte-des-Neiges, mes artères coronaires pulsent ; j'y côtoie des femmes volcaniques, aux jambes bien galbées, si parfaitement épilées qu'elles reflètent éclats de soleil et rayons des lampadaires. J'y rencontre des gens qui se disent importants : tel est cousin du roi de Thaïlande, telle fleuriste a été mariée avec un Allemand richissime, ancien SS. Sur la Côte-des-Neiges, je me sens capitaine d'un vaisseau de ligne doté des avantages d'un bateau de croisière. Par bonheur, n'étant pas salarié, je dispose librement de mon temps, et ce manque de contrainte me permet une vie oisive, situation apparemment enviable. D'autant plus que j'y suis mort cent fois et que j'y ai ressuscité cent fois, tout couturé de cicatrices, faisant partie obstinément du paysage. Assis à une terrasse de café sur la Côte-des-Neiges, le temps coule d'une manière différente ; l'agitation du monde s'apaise, tout prend une valeur autre : la réflexion, la nostalgie, la bière, le rêve, le thé vert, la tisane à la menthe aussi.

Le piéton qui a arpenté la Côte-des-Neiges garde en mémoire trois ou quatre choses : la légendaire pâtisserie du Duc de Lorraine et ses colonnes de gâteaux glacés au chocolat, colonnes votives élevées à la gloire des péchés capitaux ; les deux librairies où l'on pouvait feuilleter en toute tranquillité les ouvrages nouvellement parus sans être importuné par un vendeur ; l'énigmatique et peu avenant immeuble d'Hydro-Québec, au coin de la rue Jean-Brillant : si l'on y avait logé le Café Campus, vœu des étudiants qui se voyaient bien installés dans ce local infiniment plus spacieux que celui plutôt exigu qu'ils occupaient, cela l'aurait humanisé ; la terrasse de La Brûlerie que hantent encore les ombres tutélaires de Dionysos d'Acapulco dont la femme, raconte-t-il, mourut foudroyée avant même que le mariage ne fût consommé ; les ombres de quelques errants libanais, vietnamiens, haïtiens et autres Bédouins nomades. La Côte-des-Neiges est en soi un microcosme, et les terrasses de ses cafés, un art de vivre, une manière de résister à la frénésie de notre siècle. Passants inquiets, pressés, tourmentés : passez votre chemin ! Vous gagnerez du temps.

L'artère qui, entre la rue Jean-Talon et le chemin de la Reine-Marie, devient le chemin de la Côte-des-Neiges, traverse la ville du nord au sud. Elle change de nom trois ou quatre fois, se courbe, bifurque à droite, à gauche, mais c'est toujours la même avenue, la même balafre, comme une veine qui aurait dévié de sa trajectoire. Sur la Côte-des-Neiges, il existe des plats qui sont inconnus du reste de la planète : les pets-de-nonne, inconnus des couvents ; les oreilles de christ, cartilages de porc trempés dans du sirop d'érable et grillés sur du charbon de bois, inconnues de la chrétienté ; la pizza all dressed, inconnue de toute l'Italie.

Peu de gens savent qu'il se livre sur la Côte-des-Neiges, comme dans tant de sociétés modernes à travers le monde où domine le fast-food, des batailles silencieuses. Subrepticement, ces vingt dernières années, la pizza s'est imposée. Impossible de faire un pas sur la Côte-des-Neiges sans tomber sur un comptoir affichant avec arrogance son enseigne lumineuse faisant la promotion du « Take out / À emporter ». Ici, on vous offre allègrement le « deux pour un », à un prix imbattable ; là, la pizza a l'avantage de sortir toute fumante d'un four à bois. À la fois plat de survie et plat de divertissement, elle devrait figurer dans le recueil des mythologies de table qui ont marqué le siècle passé. Avec le hamburger et le hot-dog, elle est venue donner un espace libre à des repas que l'on prendra désormais sans cérémonie.

Rien d'étonnant que le Ministère de la Parole ait choisi une pizzeria pour siège. Nous nous sommes installés d'abord chez Vito qui était ouvert jour et nuit. Un beau jour, il a pris au proprio la méchante idée de rénover son établissement. De boui-boui, manière de dire que l'on s'y faisait moins étriller qu'ailleurs, Vito est devenu un restaurant très chic avec un luxe de miroirs, de lustres, de colonnettes et d'arcades en marbre : une charmante salle décorée de peintures d'artistes exclusivement italiens. Des médaillons et des frises sculptés ornaient les murs, et parmi des branches de chêne enroulées en cerceaux couraient cerfs et sangliers. Sur les étagères, au milieu d'une abondance de saucissons, des huiles fluides, aériennes, jouaient à cache-cache avec des vinaigres lourds et mystérieux. Des pâtes fines à souhait, des anchois à l'ail, des aubergines et des poivrons bien grillés faisaient la nique à des pains étranges, les bruschettas, et à des gâteaux aussi légers que du duvet d'oie. Et l'on y buvait, en fredonnant du Bellini, du Barolo corsé et du muscat mousseux.

Les prix avaient augmenté en conséquence. Le Ministère de la Parole dut déménager. Il remonta la rue et s'installa chez Paesano, ce café-restaurant dépourvu de fenêtres, au rez-de-chaussée d'un vieil immeuble, rénové au petit bonheur, comme si on avait confié au temps le rôle de décorateur en chef. Aucune salle n'était au même niveau que l'autre, de sorte que le restaurant n'était qu'un archipel d'îlots si sombres qu'on devait les éclairer de jour comme de nuit. Mais on était déjà un peu de là-bas, à preuve, ce bonhomme exubérant tout en moustache et accent qui, un jour, en apostropha un autre : « Ami ! te souviens-tu des cailles braisées aux petits pois, des spaghettis sautés à la sicilienne, des vins de Toscane et des scampi fritti qui faisaient se déplacer tous les amateurs ? » « Vous connaissez bien l'Italie ? » lui demandai-je. Il me regarda un instant interloqué. « Little Italia ? Ah ! si », me répondit-il.

Amis, souvenons-nous. Chez Paesano, pendant toute une décennie, nous avons régulièrement conspiré, renversé des ministres, excommunié des camarades, lynché en paroles des traîtres tandis que nous nous exercions à découvrir la fringale italienne, l'escalope milanaise roulée dans la chapelure et la pizza la plus goûteuse : pâte semi-brisée, peperoni, hachis d'échalotes, tomates séchées et olives noires pilées. Ah! La parole! Bouche, pardonne ses excès car elle ne sait pas ce qu'elle dit. Chez Paesano, lieu de rencontre magique, dans des conversations enflammées, on a élevé et abaissé le mérite des généraux, décidé de l'honnêteté de tel prince du régime, prescrit la politique que les dirigeants de l'heure devraient suivre, fixé le destin des ambitieux, épluché tous les entrefilets où il était question du « singulier petit pays », lu et commenté — le café métamorphosé en salle de lecture — des ouvrages à peine sortis de l'imprimerie, vu la proximité des librairies. Mais quand vinrent au pays les liesses de février, le départ sans chute du dictateur, les choses ont changé. Le jeu assassin des passions et des intérêts a déchiré le cercle, et le Ministère de la Parole a éclaté. Nous nous retrouvâmes amputés d'une part de nous-mêmes.

Et comme un malheur n'arrive jamais seul, Paesano perdit sa fonction de rassembleur d'hommes. Guetté par une inéluctable faillite, le restaurant qui moribondait déjà ferma. Pendant un moment, l'âme des habitués (l'âme de nous qui fûmes des habitués) fut désemparée. On le comprend aisément : dans ce café, nous venions remuer des pensées et des paroles qui nous distrayaient de nos activités ordinaires. Chez Paesano, nous avions créé une communauté où nous nous empoignions avant de nous congratuler, autour de boissons fortes de préférence, à des heures où le commun des mortels se repose ou s'affaire. Il n'était pas question de rentabilité, même pas d'utilité, seulement de plaisir et de bien-être, d'intelligence et de commerce de pensées.

Le Sous-marin fit une entrée remarquable dans l'arène. Après s'être fait longtemps désirer — à travers les vitrines, on avait vu s'affairer à cœur de saison, pendant plus d'un an, des ouvriers italiens et portugais —, il annonça « OUVERTURE BIENTÔT ». En grande pompe, il affichait à des prix record une gamme considérable de victuailles présentant des atouts qui le donnaient gagnant : le sous-marin combinait les avantages de la pizza et du sandwich, chaud comme la première et offert sur baguette avec salade comme le second. Cela ne nous a pas pris de temps pour nous apercevoir que le sous-marin était un désastre, une magnifique arnaque, un somptueux trompe-l'œil : un bâcleur d'appétits innocents.

Le Ministère de la Parole, du moins ce qui en restait, s'apprêtait à passer outre à ce désagrément, somme toute mineur, et à s'installer à la terrasse vitrée du Sous-marin quand il se rendit compte d'un grave inconvénient. Chez Paesano, nous avions élu domicile. Nous prenant pour les propriétaires du lieu, nous pouvions recevoir sur rendez-vous ; les serveurs enregistraient nos appels, y compris les appels internationaux ; le patron, qui avait fait la Résistance et le coup de feu contre Mussolini et son compère Hitler, nous faisait confiance, croyait en l'avenir de notre lutte. Il était de mèche avec nous et souffrait, malgré nos esclandres répétés, que nous fassions de la terrasse de son restaurant notre « bureau politique ». Au Sous-marin, il fallait faire la queue pour être servi, manger vite et céder la place à d'autres clients.

Désemparés, nous avons installé notre quartier général, juste un temps, à La Mancha, restaurant tenu par des Barcelonais assez sympathiques qui servaient des tapas et une paella honnête. Mais l'exiguïté des lieux ne disposait pas à la flânerie, même si une grande baie vitrée, l'été, offrait une vue imprenable sur l'asphalte et ses vagues de passants. Et puis, si l'on mettait de côté la bouche goulue et les yeux prodigieusement noirs de la Carmen qui servait des pichets de sangria bien frappée, il manquait ce rien de convivialité qui ponctue l'emploi du temps qu'on a à perdre et qu'on avait érigé, durant plus d'un quart de siècle, en art de vivre. Cela pouvait aller, par exemple, jusqu'à passer une longue plage horaire au comptoir de la cordonnerie jouxtant La Mancha, dont le maître artisan, un certain Jacob, prétendait venir de Moldavie et, été comme hiver, portait la chemise blanche, le gilet noir, le petit tablier et le pantalon rayé des vrais cordonniers. L'homme se disait mystique et heureux puisque, grâce à son métier, il joignait, à cœur de jour, la semelle qui repose sur terre à la voûte céleste de l'empeigne. L'image accentuait bien « l'unicité originelle de toutes choses », reliant la terre, l'enracinement, à cet au-delà, quel que soit le nom qu'on lui donne, auquel tout un chacun aspire.

Pendant un moment, un bon moment, le Ministère a flotté entre le Vietnam, l'Allemagne et la Grèce.

Le vietnamien offrait des rouleaux impériaux imbattables et une soupe tonkinoise, mémorable de coriandre. Le comptoir à saucisses allemandes accompagnées d'une sauce au chili ne fit pas long feu, l'effet physiologique immédiat de ce mélange étant analogue à celui qu'on attend ordinairement de l'huile de ricin. En face sévissait le grec : Le Nassos servait exclusivement des souvlakis, au charme apparent, irrésistibles. Des brochettes où des dés de porc ou d'agneau alternaient avec des morceaux de poivron vert, d'oignon et de tomate, qui avaient auparavant mariné dans un bain d'huile d'olive et de citron agrémenté d'une pointe de cumin. Grillées, elles étaient servies enroulées dans un pain pita. Que l'Éternel dans son immense bonté fasse que vous tombiez sur des morceaux qui ne soient pas des cailloux de porc ou de mouton !

Nous étions à cette saison de flottement quand miraculeusement La Brioche Dorée fit surface. Le proprio, un Libanais, disait posséder à Beyrouth un restaurant, L'Étoile de David, trois magasins, deux immeubles et, dans la plaine de la Bekaa, non loin de la capitale, une ferme plantée d'oliviers à perte de vue. La guerre l'avait chassé du Liban et depuis, comme Christophe Colomb, il naviguait à l'instinct, persuadé qu'il voguait vers des Indes fabuleuses. C'est à la terrasse de La Brioche Dorée que nous nous sommes ramassés les quatre saisons suivantes. On ne buvait pas d'alcool à La Brioche Dorée. La conversation, chaque après-midi, à partir de cinq heures, devant le café clairet fumant qu'on pouvait boire sans s'agiter les nerfs ni courir de risque d'insomnie, faisait tous les frais de cet établissement.

Nous avions la chance de n'être pas aliénés par le travail. Nous faisions juste ce qu'il fallait, comme nous pouvions, et comme le temps en décidait. On ne s'encombrait pas les neurones ; on avait découvert la spontanéité, le naturel, le pratico-pratique ; mais à la vérité, c'était la recette que nous avions trouvée pour nous déligoter d'avec l'angoisse, la morne répétition des jours, la grisaille du temps, l'indifférence, l'obscurité. Nous étions ainsi parvenus à créer autour de nous une bulle d'équilibre et de tranquillité. Paradoxalement, nous ressemblions à ces prisonniers qui font régulièrement des tentatives d'évasion. Ils essaient, ils ratent leur coup ; ils savent que leurs tentatives sont vouées à l'échec, mais ils recommencent quand même, car pour eux l'échec, l'échec mortel, ce serait de ne rien tenter.

Et c'était pathétique, cette sorte de conspiration du courage, cette solidarité grisée. Était-ce une façon de nous adonner à un art de la légèreté hors du harcèlement du temps ? Des fois, nous nous plaignions qu'au Québec il ne se passait rien ; mais c'était précisément de cela, de ce vide, de cette absence d'événements, que nous tirions notre air détaché : vivement le printemps, la brise, les passantes éphémères et gracieuses, les vêtements à peine posés sur le corps, l'immatérialité du vent allégeant les gestes, les pas, les rires. Était-ce un signe évident de la grâce, un signe que nous n'étions plus tout à fait de ce monde, qu'il nous pousserait bientôt des ailes et que nous nous envolerions de nouveau ?

Au commencement était le Vide. Et il ne s'est rien passé par la suite. Ni création ni surgissement, aucun événement. Rien à signaler, rien d'autre que la platitude et la fadeur, les cycles et leur répétition. Indéfiniment. L'histoire humaine ne forge aucun sens. Là où un esprit chagrin pourrait trouver matière à anxiété, nous, d'un grand éclat de rire, nous tranchions la question. Pas de quoi nous lamenter. Au contraire, voilà qui devrait réjouir et rassurer, inciter à la légèreté plutôt qu'à la pesante désespérance. Tels étaient, pour faire court, les quelques points que, selon nous, nous partagions avec certaines écoles de Sagesse orientale.

Tout passe et tout change avec la rapidité de l'éclair. On ne sait ni exactement quand ni comment les habitués de La Brioche Dorée avaient longé le trottoir et s'étaient installés à La Brûlerie; cela se fit si subrepticement que nous en eûmes à peine conscience. Dionysos d'Acapulco prétend que ce fut l'affaire de deux petites semaines. Par une large porte vitrée, on y avait accès et l'œil, d'un coup, était ébloui par tant de clarté. Une salle unique, très longue. Les murs, d'un ocre pâle, décorés soit de grands miroirs biseautés, soit de larges panneaux-affiches montrant en relief des cafés parisiens : la terrasse bordée d'acacias et d'orangers du Frascatti, l'imposante façade empire du Café de la Paix, l'intérieur du café Procope, reproduction d'une eau-forte de Champollion… Le plafond, démesurément haut, forme un dôme allongé dans la concavité duquel se dessine un firmament criblé d'étoiles où plane un oiseau imaginaire aux ailes d'or. Des tables nombreuses, aux pieds massifs et ciselés, reposent sur un parquet de mosaïques terracota.

Le soir, autour des tables qu'encombrent verres, tasses, assiettes, bouquets d'œillets à demi fanés, des hommes silencieux et attentifs écoutent la conversation que leur font des femmes alanguies en des poses nonchalantes. Couvertes de satin, de dentelles et de bijoux, elles paraissent toutes blanches et, lorsque leur rire éclate, on dirait que leur visage s'éclaire d'une fulguration aveuglante. Sous son flot de lumière rose, le coin des fumeurs offre la splendeur fascinante d'une vision des mille et une nuits. Un immense rêve sans fin.

À droite, près de la baie vitrée de l'entrée, s'entassent des sacs de café sous un tableau qui affiche leur provenance et, de biais, trône un engin qui, à première vue, ressemble à un grand samovar de cuivre jaune et rouge ; à la vérité, il sert à torréfier le café. À côté, le comptoir du barman. Il a le front soucieux ; il surveille la machine à espresso (trois allongés pour la table 7, deux serrés pour la 13). Cet homme évolue parmi les arômes envoûtants et entêtants des quatre points cardinaux. Il connaît de main d'expert le sirop d'orgeat, la fleur d'oranger, l'hydromel, la bergamote, le cassis, la framboise et peut en un tournemain vous concocter la liqueur du parfait amour : du vin d'ananas, de la grenadine, un soupçon d'anis et une prise de café moka java. Tout au fond, juste à côté de la porte qui mène aux toilettes, on peut, par une fente rectangulaire, voir le cuisinier, tel un Faust infatigable dans

son antre fantastique, auprès de ses fourneaux qui ron-
flent, parmi ses alambics, ses marmites qui chanton-
nent et ses vaisseaux de grès, en train de composer des
montages incroyables et savants.

II

Tant que l'on garde sa main dans le feu, il est
vain d'espérer échapper à la brûlure.

Proverbe bouddhiste

Pendant que je regardais, sans vraiment les voir, les déambulations sur le trottoir, toutes sortes de souvenirs s'étaient précipités sur moi, de toutes parts, telles les vagues blanches d'écume sur les plages de Gelée, aux Cayes. Et ces souvenirs me submergeaient, me plongeaient dans une demi-confusion. Quand je la remarquai, elle était à quelques mètres de moi : ample robe en tissu indien imprimé, cheveux noirs de jais, raides, s'arrêtant aux épaules en une coupe carrée, chair mate, impolluée, elle irradiait de jeunesse ; un pur fantasme, un croisement d'ingénue, de tentatrice, de femme-enfant. Mon orgueil de mâle s'émut quand je la vis s'approcher de ma table. Elle s'y appuya des deux mains et me regarda droit dans les yeux : « Jonas Lazard ? Je suis Cynthia, la fille de Virgile. »

L'étonnement me laissa sans voix. Profitant de mon silence, la jeune fille débita d'un trait une leçon sans doute apprise par cœur : « Je vous trouve enfin seul. Si je laisse passer cette occasion, je ne saurai rien du secret de ma mère, je ne saurai jamais ce qui a présidé à ma naissance, je ne saurai rien de mon père. Des tas de vieux papiers, des lettres, des bribes de ce qui devait être un journal intime et qui se rapportent à des événements qui semblent avoir gouverné sa vie, voilà tout ce qui me reste de ma mère. Je soupçonne que la vie l'a traversée plutôt qu'elle n'a traversé la vie. Pour reconstituer le puzzle, il me manque des pièces essentielles. Votre nom est le seul qui figure dans ses écrits. Vous êtes donc celui qui peut m'aider puisque ma mère est morte. »

Combien de fois Cynthia a-t-elle dû répéter cette scène qu'elle jouait devant moi ? Je n'avais vu sa mère qu'une seule fois. Pourquoi avait-elle consigné cette rencontre ? Cynthia n'aurait jamais dû lire ces vieux papiers. Elle aurait dû tout brûler. Elle me regarda et me fit un sourire d'adolescente, tendre, juvénile. « Brûler le témoignage de ce huis clos exaltant où des corps ont crié leur vérité ? Au contraire, j'ai tout conservé précieusement. Que de fois, la nuit, réglant l'abat-jour de ma lampe de chevet, j'ai relu jusqu'à l'aube ces fragments… Et dire qu'on m'a caché un tel secret. Pourquoi ? Je n'ai pas de réponse, sinon celle que donne ma mère elle-même : ce qu'ils ont connu, mon père et elle, durant ces quelques jours, ne peut se raconter. Vous êtes, je crois, le seul à avoir été au courant de ce bref épisode de leur vie; personne d'autre. Maintenant que ma mère est morte, vous seul pouvez me dire qui était Virgile, mon père. »

Qui était Virgile? Ce serait trop simple de répondre qu'il ressemblait trait pour trait à toute une génération écartelée entre poétique et politique, idéologie et foi, livre et fusil. Militant d'extrême gauche obstiné, ce quinquagénaire avait connu les années de plomb de la dictature avant de prendre le chemin solitaire de l'exil. Son passé n'avait rien de glorieux, il était plein d'ombres : un bref séjour en prison, une assez longue éclipse dans la clandestinité, quelques années à Paris, une saison dans les camps d'entraînement à Cuba. Mais qui n'a pas d'ombre n'a pas de passé. D'où, sans doute, ce choix contradictoire et déchirant de silence et de parole qui donnait une couleur si blanche à sa mélancolie : l'humeur morose, taciturne de ceux qui ont perdu toute espérance, la recherche d'un cercle bruyant d'amis dont les principales activités étaient la flânerie, la conversation de bistrot, les passantes. Il avait mis au point des techniques pour peaufiner l'art de perdre son temps ; par exemple, l'émerveillement qu'il ressentait devant le « pétomane » d'un des pavillons de l'Université dont le spectacle consistait uniquement à expulser des vents intimes sur le passage des étudiantes, une activité que Virgile pratiquait souvent lui-même, et avec plaisir. Alpiniste recherchant l'ascèse et la contemplation, militant humanitaire, chantre des utopies, des lendemains qui rossignoleraient, de l'univers radieux du travail et des collectifs fraternels, il s'était donné comme vocation de sauver la planète, de respecter les droits de l'homme. Il prêchait encore tout cela quand Naomi l'a rencontré.

Visiblement déroutée par mon silence, Cynthia insista : « J'ai grandi avec la certitude que mon père était mort avant ma naissance. L'idée d'être doublement orpheline me déplaisait d'autant plus que personne n'a jamais voulu parler de lui. Jusqu'au jour où je suis tombée sur les fragments du journal de ma mère. Une seule et unique histoire, celle de sa relation avec Virgile. En la lisant et relisant, j'ai appris que ma mère et mon père ont fait connaissance au pavillon Jean-Brillant de l'Université de Montréal où ils venaient d'assister à la projection d'un film. Elle était déjà retournée en Chine quand elle a découvert qu'elle était enceinte. Tantôt elle souffrait, tantôt elle était en extase ; tantôt elle jubilait, tantôt elle sombrait dans le désespoir et décidait de se tuer. Elle a souvent songé au suicide… comme si elle prêtait l'oreille à la montée d'une eau qui l'aurait cernée. Ma mère est morte en 1989, lors des émeutes de la place Tiananmen, à Pékin. »

Je comprenais très bien le sens de la démarche de la jeune fille. Elle réclamait son droit de mémoire. Mais comment dire l'histoire de Virgile ? Comment raconter une histoire plus vraie que vraie quand on sait que la vérité n'est jamais très jolie : c'est du sang sur la lune. Je ne savais pas raconter, ne savais pas faire dans la dentelle et encore moins dans la séduction. Je n'avais aucun talent pour rendre plaisants des faits sombres, affligeants. À l'âge de Cynthia, on devait privilégier les anecdotes amusantes, les romances. Comment lui faire comprendre que l'amour, c'est trop souvent s'offrir, faire cadeau à l'autre de sa propre solitude, d'ailleurs la chose la plus grande qu'on puisse donner de soi. Comment lui dire que l'amour, trop souvent, c'est un échange d'informations entre deux corps ? Que chaque espace extracorporel est constitué des signaux émis par le corps de l'autre ? Chez l'homme comme chez les animaux, ces données parviennent à l'odorat, à l'ouïe, à la vue. Mais les facteurs environnementaux (climat, température, lumière, alimentation), si importants chez certaines espèces animales, sont négligeables chez les êtres humains qui sont capables d'aimer en toutes saisons. Ce sont les facteurs sociaux qui influent sur leur comportement, les amoureux n'étant jamais seuls au monde.

Devant ce qu'elle prit sans doute pour un mutisme têtu, Cynthia abattit sa carte maîtresse : « Je me vois comme un soldat seul sur le front, le régiment décimé. Je suis gardienne à la porte d'une forteresse vide, gardienne d'une mémoire et de souvenirs inexistants. Mon père est une pièce manquante de mon puzzle ; je trace mon chemin jusqu'à lui dans un lacis de lianes traversières. Pour apaiser mon tourment, réunir les fragments d'histoires, assurer en quelque sorte la survie de ma mère, je suis venue vous supplier de vous souvenir. »

J'essaie de ramener à la mesure des mots, au calibrage de la parole, ce qui dans le vécu de cette fulgurance, dans l'instant arraché au temps, échappe radicalement à la narration. De trois cahiers récupérés dans la chambre de Virgile après sa disparition, je fus surpris de ne trouver que de simples commentaires sur les événements du quotidien, des considérations météorologiques ainsi que leurs répercussions sur l'âme. J'aurais aimé avoir de la main même de Virgile un récit de ses déplacements dans le genre « choses et gens vus » qui constitue un témoignage irremplaçable sur les mœurs d'une époque troublée, ou encore, dans la veine des lettrés du XIXe siècle qui ont souvent tiré de leurs excursions des évocations exquises. Virgile n'a laissé aucune description de son itinéraire, aucune relation des événements dont il a été témoin, aucune prose élégante destinée à célébrer le charme de lieux visités. En d'autres termes, il n'a sacrifié à aucun genre littéraire connu et apprécié de son époque. Grâce aux anecdotes que j'ai recueillies auprès des habitués du café transparaissent les villes qu'il a connues, les brûlures de la douceur et de la violence, les cris et les larmes, la jouissance et l'exaltation des corps, la dérive de son esprit.

Reste un obstacle de taille : comment récits et réflexions vont-ils coïncider pour rendre compte d'une énorme masse de faits et de pensées, pour défaire les nœuds essentiels, pour marquer les césures que l'on a dû subir ? Une relation synchronique de la vie de Virgile ferait perdre toute sa saveur et même tout son intérêt à cette suite de péripéties et d'accidents qui composent l'intrigue de cette existence. Inversement, un survol purement chronologique passerait à côté de la logique ou de l'incohérence d'une telle présence au monde. Les fils de cette histoire sont enchevêtrés et le rôle de la contingence des rencontres n'est pas moindre dans la vie de Virgile que dans l'Histoire tout court. Comment respecter la merveilleuse fugacité d'instants exceptionnels, reconstituer la trame de ce destin, sans étouffer l'essentiel sous le poids des anecdotes et des racontars, et en même temps, laisser la mémoire faire son tri? Par-delà la quête de ce que fut Virgile, il faut, pour s'en sortir, remonter le cours du temps, revisiter le passé, explorer le labyrinthe de la mémoire, comprendre par quels liens fragiles, ténus, un rien se rattache à une vie vécue au bord de l'abîme, se consommant, se consumant et, phase extrême de la fusion, renoue avec le mythe sacrificiel.

Mais surtout, il faut penser au voyage, penser le voyage. Réfléchir autrement sur ce singulier projet qui consiste à sortir de chez soi ou de soi et à s'en aller au loin, à la rencontre d'on ne sait quoi, d'on ne sait qui, en s'exposant à tous les risques, à tous les dangers, y compris le risque ultime, celui de ne pas revenir. Voyager ne se réduit ni à l'aller ni au retour, c'est un événement qui affecte l'être jusqu'à la moelle, remet tout en jeu, ne laisse aucune anticipation intacte.

Nous sommes l'histoire que nous nous remémorons. Nous racontons toujours non pas notre propre histoire, non pas l'histoire de notre vie, celle que l'on dit biographique, mais cette autre histoire que nous saurions difficilement conter en notre nom. Nullement parce que nous en avons honte, mais ce qu'il y a de grand dans l'être humain ne peut être contenu dans des mots. Et ce qui nous rend petits et mesquins est à tel point quotidien et ordinaire qu'il n'y a là rien de nouveau pour cet autre qu'est le lecteur. Ainsi s'explique le fait que certains auteurs privilégient dans les histoires qu'ils racontent non l'histoire qu'ils vivent, mais celle de leur mémoire. Nous sommes l'histoire que nous nous remémorons, et c'est cette histoire que nous racontons. De manière omnisciente.

Je ne ménagerai ni mes peines ni mes mots, j'en fais la promesse solennelle. Je décrirai jusqu'à l'ultime grain de terre, jusqu'au frémissement du moindre arbrisseau, jusqu'au tremblement de la moindre feuille du parc Mont-Royal. On me pardonnera de glisser ici et là quelques pronostics assez sombres sur l'avenir de mon île, mais, historien à la manque, je ne dédaigne pas de méditer sur l'histoire et de n'y voir, malgré certains accès de pyromanie, qu'une sempiternelle monotonie.

Ce qui se réalise dans l'histoire de l'île n'est pas le passé simple de ce qui fut et qui n'est plus, ni même le parfait de ce qui a été, mais le conditionnel de ce que nous aurions pu être devant ce que nous sommes. Car c'est là que se situe la distance que je cherche, en deçà de quoi mon témoignage ne serait que bavardage et divagation. Je voudrais resituer ce qui brouille l'histoire autant que ce qui la démêle. Cette histoire est la figure de l'oubli, notre dernière demeure ; son écriture est motivée par le désir de fixer des limites, d'épingler les signes du temps sur les traces de l'oubli. Les jeux de miroirs, de redoublement ou de diffraction dessinent les frontières qui séparent l'oubli de la vérité, qui séparent Lethé d'Aléthéia. Déjà les anciens avaient pressenti que Léthé est compagnon d'Éros.

Avant que Virgile ne surgisse dans ma vie, je me tenais l'après-midi avec quelques camarades dans le Vieux-Montréal et, le soir, au Bouvillon, rue Gatineau. Au pays, la dictature nous avait jeté sa noire malédiction : un chef voulait ramener la race tout entière à ses origines primitives, la faire ramper à quatre pattes sur les rives de la mer des Caraïbes, sinon il nous livrait à ses charognards, sans qu'il nous soit possible d'aboyer même de rage. Il a fallu partir. Je ne saurais compter combien de fois, durant notre exil, les vapeurs de l'alcool aidant, nous avons vu passer son cadavre.

Nous avions fait nôtre le slogan à la mode : Littérature, amour et révolution. Le recours à la littérature était notre réponse à la malédiction. La littérature excusait tout. Nous étions entrés en poésie comme on entre en religion. Nous étions devenus à Montréal des adeptes de *Tel Quel*, des fans de Barthes et de Derrida alors que nous n'avions lu de leurs œuvres que la quatrième de couverture. Nous nous servions d'eux comme tailleurs d'habits moraux, chapeliers pour transcendances insolites, bottiers pour chausser des métaphysiques de pacotille. Nous nous étions telquellisés comme on se morphinise.

Et l'amour ? Ah ! l'amour ! Ne pas être seul. Revêtant l'accoutrement de Nerval, nous étions les ténébreux, les princes de Côte-des-Neiges à la tour abolie ;

Casanova et nous fonctionnions sur tous les registres de la drague : celui de l'élégance : « Madame, vos beaux yeux d'amour me font mourir » ; celui de la passion : « Si triste est la saison, Madame, qu'il est venu le temps de se parler par signes » ; celui de la vulgarité la plus crue : « Quelle touffe, Madame, quelle belle touffe vous avez là ! », ou encore : « Écoute, ma poule, regarde la réalité en face. Nous sommes à l'aube du troisième millénaire et tes nichons sont en berne. »

Nous participions de la Révolution et, chaque soir, nous chantions jusqu'à la fermeture du Bouvillon les funérailles de l'impérialisme. Nous n'étions pas en guerre, mais nous avions quand même une façon de nous massacrer nous-mêmes, ressassant à satiété meurtrissures et fêlures. Nous marchions toujours dans le passé. Ruminer ce passé donnait du sens et du goût au présent vécu dans le sentiment d'avoir une histoire qui, comme une enfance, ne ressemble à celle de personne, cruelle, obstinément sombre, défiant toute rationalité. Autrement, comment expliquer cette conscience de la nécessité du vin pour arroser la poussière des jours ? Comment interpréter ce rituel qui consistait à déboucher, à flairer, à goûter, à trinquer, à lever le coude, à claquer la langue, rituel auquel quotidiennement nous nous conviions ? Comment lire ce ventre mou de l'âme, cette divagation de la nostalgie, cette blessure sans cicatrices, cette douleur de la rédemption ?

J'avais mis du temps à m'apercevoir que ce phénomène de mode ne relevait ni de la littérature, ni de l'amour, ni de la révolution, mais d'une pratique du mimétisme, et que nous étions en train de nous transformer en une horde de macaques de cirque. J'avais mis du temps à comprendre que ma liberté ne pouvait être de surface, que je devais essayer de vivre au ras de moi-même afin d'exorciser mes peurs, mes angoisses et d'étreindre, à bras-le-corps, mes rêves, mes espérances même floués. À partir de quel moment le jeu s'est-il révélé sans enjeu ? Quand l'avenir a-t-il perdu ses couleurs et le pseudo-combat son sens ? Pourquoi n'ai-je pas continué à parier sur l'Utopie et le Bonheur ? Quand me suis-je persuadé qu'au fond rien de tout cela n'avait vraiment d'importance ? Peut-être le jour où je suis tombé sur cette phrase de Fernando Pessoa que j'ai épinglée au-dessus de mon lit : « Nous avons vu s'abattre sur nous la plus profonde, la plus mortelle des sécheresses, celle qui naît de la connaissance intime de la vacuité de tous nos efforts et de la vanité de tous nos desseins. Il fallait affronter cette sécheresse venue en moi et pour m'en défaire, que je fasse jaillir des cendres tout un feu de joie. »

Je me souviens encore des hauts cris que poussèrent les copains quand, un jour, sur le coup de minuit, Dave Folantrain se leva et prononça ce qui n'était rien d'autre que des phrases de rupture : « Nous finirons un jour muets à force d'échanger des mots inutiles. Nous deviendrons les égaux des animaux. Messieurs, écrire est la seule parade que j'aie trouvée pour échapper à l'angoisse de la déréliction. L'extrême complication est le contraire de l'art. La beauté sensible procure une jouissance immédiate. Elle s'impose sans clichés, et l'on n'a aucun effort à déployer pour la reconnaître. Je veux écrire pour être lu et pour être compris. »

Dave Folantrain, depuis sa prime jeunesse, rêvait d'écrire. Il avait publié à dix-sept ans, au mitan des années soixante, une plaquette de poèmes intitulée *D'orfraies et d'effroi* qui eut un succès d'estime auprès de quelques jeunes filles de son quartier. Un journaliste célèbre des lettres parisiennes, de passage au pays, le salua et le sacra Rimbaud tropical. Depuis, plus rien. Il disait qu'il écrivait la nuit de brefs poèmes, qu'il mûrissait plusieurs projets qui n'aboutissaient jamais : composer un livre avec la fin de tous les poèmes qu'il aurait répertoriés, ou ne pas écrire de poèmes, mais seulement leur dernier vers, leur fin. Il faudrait recenser un jour tous ces auteurs qui n'ont écrit qu'un livre ou qui n'en ont pas écrit du tout et qui, toute leur vie, sont habités, hantés par celui qu'ils pourraient écrire s'ils n'y renonçaient pas dans le même mouvement. Ils le portent en eux comme une grossesse, un grand livre, sans doute le chef-d'œuvre absolu, mais il n'émerge pas de leur tumulte intérieur. Un tel inventaire servirait en quelque sorte de justification à tous les renoncements, à toutes les impasses, aux paumes sèches, aux dérobades de l'imaginaire et du désir.

La lucidité de Dave fut préjudiciable au groupe. Après nos billevesées sur le signifiant et le signifié, nous mîmes fin, un beau matin, d'un coup sec, à cette folle dépense d'énergie. Nous nous sommes allégés et avons commencé calmement à rire de nous-mêmes. Après mûre réflexion, nous avions convenu que cette ville faisait planer sur nous une menace, et la première, la principale, en un lieu tel que Montréal, c'était le vide : une crainte permanente, l'obsession d'être aspirés par cette sorte d'ozone spirituel, cette eau de Javel qui nous blanchissait subrepticement.

L'eau du fleuve titube le long de la ville
Elle caresse tout le paysage
L'eau, le soleil, la neige, autant de remparts
contre le néant et l'insoutenable sensation de vide.

Et aujourd'hui, si l'on nous demandait les raisons qui nous ont retenus dans cette ville dont nous étions après tout libres de partir, que répondrions-nous ? Que cette ville nous avait été imposée. Non pas comme une punition, mais comme un vacuum. La vacuité, c'est, comme le faisait remarquer un philosophe, dire le vide au nom d'une certaine plénitude obscurément ressentie et désirée, fût-ce dans la dénégation ; cela signifie qu'à l'horizon se profile la plénitude.

Toutes les villes ont une histoire. Pourquoi Montréal n'en aurait-elle pas une ? Sans passé féodal, n'ayant jamais connu l'hégémonie d'un pape, tout au plus celle d'un évêque devenu cardinal, Montréal pourtant est un carrefour, une énigme, un mythe. Cette ville prise en étau entre le fleuve et une terre mangée par un million de lacs, que contient-elle ? Que résume-t-elle ? Rien qu'un espace tissé, arraché à la grêle, à la neige et à l'eau, jusqu'à revêtir une apparente immobilité? Une ville minée par de sourdes passions attisées par le vent du nord et la poudrerie? Montréal, tu parais une œuvre de hasard plutôt qu'une créature de l'homme. Qui es-tu, ville élue? Hermaphrodite, tu es un hermaphrodite, te promenant nu au bord d'un fleuve! Et tu ne passes pas inaperçu. Je me suis réfugié dans cette ville fortuitement, sans trop savoir ce que j'y étais venu chercher. Je me demande pourquoi j'écris « réfugié ». Dionysos d'Acapulco, natif d'ici, dit en plaisantant « qu'il faut être bien fou, fou raide, fou braque, pour émigrer — surtout vous, hommes du Sud, hommes de soleil — dans un lieu aussi pourri que ce coin de la planète ». À cela, je réponds imperturbablement : « Connaissez-vous un autre endroit où, parvenu à l'extrême limite du continent, on peut en contempler un autre, par-delà un bras d'eau? » Quand je ne serine pas la litanie des vies défaites, le chapelet des conflits meurtriers, le prix que nous avons dû payer pour nous en aller, l'accueil chaleureux que nous avons reçu dans cette ville, dans ce pays, même s'il projette en nous des conflits qui sont les siens et que nous finissons par considérer comme nôtres.

Après la fugace saison du Bouvillon, chacun, de son côté, a négocié, transigé comme il a pu avec la forte, la belle idée de sa jeunesse. Il a fallu renoncer, en rabattre, subir l'épreuve de la réalité, de la déception. Pourtant, cette époque où nous nous réveillions, après avoir noyé nos nuits sous des aubes sans cesse changeantes, était bénie, et aujourd'hui encore, je reste nostalgique de ce foisonnement d'expériences euphoriques : l'extase de l'exil où nous passions de noces en funérailles ponctuées de fréquentes manifestations politiques ; les merveilleuses nuits de la poésie scandées d'embrassades fraternelles ; l'exaltation des night-clubs et l'assourdissante musique des discothèques. Une époque de jubilation, de festive jouissance.

III

*D'où vient que la brûlure au cœur et notre
corps qui fond mieux que la cire n'ont pas ce
cri que pousse un peuplier quand la cognée le
regarde s'abattre ?*

JEAN GROSJEAN

Un rayon de soleil. La ville n'avait pas encore remplacé
ses tourelles de réclames qui magnifiaient la sveltesse,
la crème solaire et le galbe des jambes gainées de bas-
culottes invisibles. La foule, bien que maigre, encombrait l'asphalte d'un va-et-vient ininterrompu, les
déambulations d'une faune à la beauté guère équivoque. C'était le début de septembre. La moiteur des
fins d'après-midi d'août avait complètement disparu.
La minceur de toute chose permet de noter ce que
généralement on ne note pas, de remarquer ce qui n'a
pas d'importance, ce qui se passe quand il ne se passe
rien, sinon du temps, des gens, des voitures et des
nuages. On parvient même à distinguer, dans le tissu

sonore de l'actualité, les bruits parasites qui disparaîtront dans l'oubli et la musique des vagues nouvelles qui portent en elles les germes du changement. C'est ainsi que Montréal acquiert son indéfectible force, celle d'un regard et d'une mémoire investis dans la trame de l'ordinaire, dans le déjà caduc, dans la fragilité même des choses et des espaces qui constituent la carcasse des vies.

Pendant que je laissais distraitement mon regard se poser sur un panneau-réclame, je vis arriver d'un pas allègre Dave Folantrain. Imperméable passe-partout, pantalon sport trop court de flâneur immature, parapluie, signe de prudence, de perplexité, et, bien sûr, béret basque, « puisque l'homme, pour se distinguer du troupeau et afficher son état civil, porte un couvre-chef », se plaisait-il à répéter.

Dave le fou. Le pays natal dont il conservait l'image, un monde, celui de l'enfance et de l'adolescence, où les joies étaient simples et l'horizon fait de l'infini des possibles; où la réalité, quoique paradoxalement duale, s'exprimait clairement, de façon évidente; où le plaisir de vivre se manifestait dans les moindres gestes de la quotidienneté. Un jour, ce monde bascula. Les lumières de l'adolescence se sont éteintes une à une, au fur et à mesure que le pouvoir transformait en clameurs guerrières ce qui n'était jusque-là que menaces. Interdiction de dire, interdiction d'agir, interdiction de rêver, interdiction d'espérer, de construire l'avenir, donc interdiction d'être. Commença alors une vie d'errance. Ses dix-huit ans le trouvèrent à Paris où il végéta quelque temps, tirant le diable par la queue. En Afrique subsaharienne, il vécut dans des villes désolées, villes de boue et de poussière. Il logea dans des réduits sans eau, ni électricité, ni même cabinet d'aisances. Il connut des conditions sordides d'existence dans des pays de misère pourtant campés sur tant de ressources, humaines surtout, comme ils disent aujourd'hui, les êtres humains étant devenus des ressources matérielles. Son ardeur révolutionnaire de l'époque le conduisit à Cuba où un mari jaloux le transperça de six balles, dont aucune ne fut mortelle. « Une vaine de cocu », dit-il en racontant l'incident. Quand il découvrit que le pays entrait irrémédiablement dans un cul-de-sac et que cette situation avait de fortes chances de perdurer, il pesa les choses : pour respirer, être, vivre, il fallait déposer ses valises quelque part ; il choisit Montréal. Il y paya son tribut de peine.

Montréal, cette ville qu'il croyait au début n'être qu'une terre de passage avant le grand retour, lui est entrée dans la peau, dans le cerveau comme des clous chauffés au rouge dans la chair du supplicié. « Comment la nature hivernale de l'endroit a-t-elle pu s'accorder avec le cosmopolitisme solaire qu'il a suscité ? » demandait-il, donnant du même souffle la réponse, comme quelqu'un qui battait le tambour et dansait sur cette musique simultanément. Ces dernières années, l'analyse de l'équilibre entre les différentes communautés était devenue un topo montréalais. Dave Folantrain en avait fait une sorte de spécialité. Il fallait voir

avec quelle minutie il observait la couleur des che-
mises, des T-shirts qui passaient sur la Côte-des-
Neiges. Il trouvait à chaque teinte une connotation :
rouge, il la trouvait trop voyante ; grise, trop triste ;
blanche, banale ; rose, efféminée ; orange, vulgaire ;
jaune, trop sportive ; seul le vert mousse lui plaisait.
Voilà une couleur naturelle ! « La peau, l'enveloppe, le
vêtement de l'homme me fascinent tout particulièrement ; ils nous apprennent quelque chose sur l'individu, et en même temps c'est le contraire, à propre-
ment parler, ils cachent tout. Dialectique fascinante
d'un voilement-dévoilement dans lequel s'exprime
l'énigme supravisible d'autrui. » Selon lui, on peut
reconnaître les rues et les quartiers de Montréal aux
effluves qu'ils exhalent : Westmount, l'odoriférante,
une ville anglaise dans la ville, ayant les plus belles
fleurs et les jardins les mieux entretenus ; Hochelaga-
Maisonneuve, la tambouille, qui suinte la graisse des
frites mêlée de fromage en crotte fondu, l'odeur de la
poutine. Il pouvait ainsi dresser toute une carte de
la ville à partir de son nez.

On imagine aisément que Dave Folantrain rêve
d'énigmes la nuit et se parle devant sa glace en se faisant de petites grimaces espiègles. Il était hanté par
l'idée de reprendre le projet de Walter Benjamin, là où
ce dernier l'avait laissé : bâtir une physionomie de la
modernité, à partir du repérage de ce qu'il appelait le
« cristal de l'événement total » ou encore le « petit
moment singulier », en pratiquant un « montage quasi
cinématographique des déchets, des éclats de réalité

jusqu'alors négligés par la pensée : la mode, l'éclairage des rues, les galeries, les grands magasins, les automates, la prostitution, le métro, l'Exposition universelle Terre des Hommes, etc. »

Dave Folantrain, le fouille-à-pot, celui qui voulait tout connaître à la fois : les cultures indienne, africaine, ibérique, anglo-saxonne. Sur ces lisières, rien ne pouvait l'arrêter : « Finissons-en avec le monde comme texte opaque, comme mystère d'éternité. Retrouvons les secrets enfouis des civilisations perdues, réinterrogeons les traces de cultures disparues, car le monde n'est qu'un théâtre, un rituel ancien dont nous ne savons plus ni la fonction ni la signification », ne cessait-il de répéter. Dieu boulimique, son problème le plus crucial consistait à savoir réduire ses appétits à un choix non seulement assez riche pour lui permettre de passer le temps, mais aussi gérable.

Dave avait une présence particulière au monde. Ces derniers temps, il pratiquait l'abstinence, fuyant comme la peste le porc aux hormones, les poulets élevés en batterie et les œufs pollués. Cette hantise allait si loin qu'il voyait dans la messe une cérémonie abominable au cours de laquelle les prêtres, en bouchers théophages, donnent à manger le corps du Christ et avalent son sang. Il n'avait pas de mot assez fort pour exprimer l'épouvante, la phobie physique que lui inspirait un pareil festin. « L'hostie s'offre à déguster comme une chair vivante. Vous rendez-vous compte ? Sous le revêtement de farine, il y a un organe qui palpite, que la dent mord, décompose et fait saigner.

En vérité, mes amis, cette cuisine eucharistique ne me dit rien qui vaille. »

L'idée que la personne divine puisse être ingérée, digérée, évacuée, c'est-à-dire mêlée aux fonctions physiologiques qui font de nous des bêtes, provoquait chez lui un haut-le-cœur. Cette variation scatologique sur la métamorphose du dieu en pâte qui, à travers le chemin tortueux des entrailles, passe de la bouche à l'anus représentait une offense insupportable à la dignité. C'est pourquoi, délaissant ces hauteurs de la cuisine « cannibalistique », il se proclamait « postal-socialiste » à l'instar de ce personnage de Saul Bellow qui soutenait que toutes les entreprises devraient être publiques comme l'était la poste. Plus tard, très brièvement, après la chute du mur de Berlin, il fut écologiste, comme on est témoin de Jéhovah. Mais, chose curieuse, à travers toutes ces phases, il y avait une ligne constante : il restait un coureur de jupons et, si le désir sexuel pouvait être assimilé à l'alcool, Dave vivrait dans un état d'ébriété permanent.

À ceux qui lui demandaient pourquoi il ne s'était jamais marié, il répondait : « J'ai eu plus de vies qu'un chat. Un chat en a neuf. J'en ai eu beaucoup plus. » À la vérité, cette question le désarçonnait un peu. Fallait-il qu'il se mette à faire l'inventaire des femmes qu'il avait séduites et abandonnées ou qui l'avaient abandonné : maîtresses de hasard, lolitas ingénues, sorcières de carême, danseuses de bar à gogo, institutrices au cœur solitaire et brisé, toutes ces femmes qui vernissaient de gaieté feinte leur esseulement d'oiseaux loin du nid ? À la place de l'inventaire, il imaginait chaque fois une histoire à dormir debout du genre : il aimait une fille, il y avait de cela très longtemps ; ses parents, il n'a jamais su pourquoi, ne voulaient pas de lui, et comme il passait des nuits sous son balcon, une fois, à l'aube, ils lui avaient jeté de l'urine chaude sur la tête. Un geste de haine dont il n'avait jamais pu se remettre.

Dave aura passé sa vie dans la solitude et le culte des livres. Piéton, il était lui aussi un client assidu des cafés du quartier où il pensait trouver l'inspiration qui lui permettrait de décoller. Il fallait le voir quand il arrivait au café. Il s'asseyait à une table au fond, chaussait ses lunettes à monture d'acier, vérifiait le niveau d'encre de son stylo, testait la pointe de ses crayons et se plongeait dans ses lectures. Cet homme prenait des notes pour une œuvre qu'il n'écrirait jamais, une méditation sur le fracas du temps, une rêverie qui ferait se rencontrer les lignes parallèles de l'art et de la connaissance intuitive, du regard et de la parole, de la jouissance esthétique et du langage qui l'exprime.

Le seuil de La Brûlerie à peine franchi, Dave m'apostropha, poursuivant à haute voix une réflexion commencée je ne savais depuis combien de temps et dont il me gratifiait des fruits : « Quel prix doivent payer ceux qui survivent à la barbarie ? Tout compte fait, nous avons passé notre temps à sublimer notre désarroi, à tromper ce fantôme qui nous hante. Quand même, quelle chance de ne pas habiter à l'ombre d'un goulag, de ne pas vivre sur un territoire à massacres et à génocides ! » Puis il marmonna comme en aparté :

« Tu as échappé depuis longtemps aux crocs d'une dictature féroce. Tu habites un pays au plus haut taux de confort. Il n'y a pas de génocide à l'horizon, pas de solution finale, pas de guerre totale. Quelle chance tu as ! » Regardant dans le vide comme s'il continuait à soliloquer, Dave laissa tomber : « Avant d'aller plus loin, il faut que je te dise que je viens de brûler mon manuscrit. » Je sursautai : « Tu criais pourtant sur tous les toits que la publication de ce livre te permettrait de t'évader du ghetto. » « Ô vanitas vanitatis ! » s'exclama-t-il avec un geste théâtral, les paumes de ses mains grandes ouvertes tournées vers le ciel.

Dehors, les frênes et les érables étaient encore verts. Dans quelques semaines, ce serait une explosion de rouge et d'ocre. Dave regardait par la vitre, le front plissé, grave ; on aurait dit qu'il ne pensait à rien. Et moi, témoin passif de la compression de son univers, j'avais une sensation identique à celle qui nous étreint quand on a l'impression d'assister à l'écoulement du temps et non à la fuite du train, pendant que défile le paysage. Je dis la première chose qui me traversa l'esprit, lui demandai de me rappeler le propos de son texte. Dave s'anima : « J'y reprenais le thème de la flânerie. La Modernité, jusqu'à une date récente, a été le produit de la sédentarisation. De nos jours, la circulation reprend, une circulation désordonnée, tourbillonnesque même, qui ne laisse rien ni personne indemne. Elle brise les carcans et les limites établies. Une fois, au pays, j'ai entendu une femme en engueuler une autre : "Vieille chipie, tu n'as même pas quelqu'un à New York!" L'ultime déchéance. Ne pas avoir quelqu'un à New York, c'était gîter au plus bas de l'échelle sociale, dans les abysses de la déréliction d'où il n'y a plus aucune chance de refaire surface. »

À mesure que Dave parlait, son visage s'assombrissait. « J'éprouve une profonde sympathie pour le promeneur qui s'attarde à contempler ce qui est mineur, ce qui est caché, humble et qui peut attendre longtemps le moment de son émergence. Mon texte, justement, faisait surgir de l'oubli des poètes qui avaient donné forme au chant de la terre, aux accords de danses et de rythmes agrestes, lointains et proches à la fois, à la migrance. J'avais ambition de restaurer une vision plus souple, plus naturelle, plus écologique de l'aventure humaine. Finalement, je voulais mettre des mots sur le désordre, sur le chaos d'un monde que je n'avais cessé de scruter depuis trente ans. Quelle présomption ! »

Je ne comprenais pas pourquoi Dave avait brûlé un manuscrit qui, à l'en entendre parler, soulevait des questions essentielles. « Je n'étais pas prêt pour aborder un tel sujet. Pourtant j'ai porté ce livre dès le jour où j'ai pris conscience que mon regard d'enfant avait perdu ses repères. »

Une fois lancé, Dave n'arrêta plus de parler. En réalité, il n'était pas en panne sèche. Il avait l'intention d'écrire un autre livre sur l'errance, un livre dans lequel il mettrait toute la sagesse amassée durant ces trente dernières années sur la pierraille des chemins. « Ce sera, tu verras, un livre amer mais optimiste, un livre acerbe mais joyeux, un livre froid mais tendre, car si l'écrivain ne fait pas l'Histoire, du moins peut-il tenter de la nommer. » Il hésitait à se remettre à la tâche, effrayé par son ampleur titanesque. « Et comme il me faudra un socle, une référence, je planterai le texte dans le Bronx de Montréal. J'en ferai un endroit insolite : un repaire de drogués, de migrants, de mal insérés ; un abri pour les piqueries, les trafics et les règlements de compte ; un quartier où les flics ne vont jamais pour des raisons obscures. Dès les premières lignes, on comprendra que l'on se trouve dans un lieu hors du commun, caractérisé par une lumière particulière et des bruits insolites, un territoire d'inquiétude et de solitude mystérieusement laissé à l'abandon, comme un carré au milieu d'un jardin où les plantes se seraient développées différemment, un endroit où l'ordre a oublié de nicher. De temps en temps un cadavre remontera et flottera sur l'asphalte, suicidé ou bousillé. »

Ainsi, ce roman, tout en lui permettant d'en découdre avec les monstres qui le hantaient, décrirait la société québécoise des années quatre-vingt-dix, sans négliger le moindre stéréotype : l'argent, l'échangisme, l'aérobic, le hockey, la femme trop mûre qu'on quitte pour une plus jeune (en nuisette de soie rose saumon), les lancements à la Bibliothèque nationale, les scènes de ménage, les pensions alimentaires, le vieillissement, la baise sur la pointe du pénis comme si cela pouvait conjurer la menace du sida, la nouvelle bourgeoisie canadienne-française, les minorités visibles et invisibles, la laïcité ouverte, le rap et le gospel, le piercing, les sex-shops, les rituels sadomasochistes, le chômage, l'alcool, les drogues, la prison, la violence. « Tout y sera et, bien entendu, le bon vieil humour susceptible d'appâter le lecteur, sans quoi ce roman, qui sera basé sur l'observation, risquerait de le repousser. »

Un roman construit sur l'observation. Ces propos de Dave me rappelèrent l'épisode des recherches de Zola dans la mine, quand il se préparait à écrire son *Germinal,* épisode que rapporte un exégète. Zola y avait croisé un énorme cheval de trait traînant un wagonnet débordant de charbon. Il avait alors demandé aux mineurs comment ce cheval avait pu tenir dans l'ascenseur. Ceux-ci lui avaient expliqué qu'on avait descendu l'animal alors qu'il n'était qu'un poulain, qu'il avait passé toute sa vie dans la mine : l'obscurité permanente l'avait rendu aveugle. Il resterait dans la mine jusqu'à sa mort. Le critique croit que cet épisode du cheval est un des sommets de la littérature ; il aurait été impossible sans ce travail ingrat d'observation que Zola appelait la documentation.

Et je dis à Dave qu'en cette période faiblarde et pâlichonne de marasme dans l'histoire de notre littérature, il nous faudrait un bataillon de chercheurs à la Zola qui observeraient le pays natal, ce pays sauvage, bizarre, imprévisible qui fut le nôtre, pour se le réapproprier et nous le rendre sous forme littéraire. Je lui dis aussi qu'un vrai travail d'écriture sur Montréal devrait commencer par mettre en scène la parole nomade, la parole migrante, celle de l'entre-deux, celle de nulle part, celle d'ailleurs ou d'à côté, celle de pas tout à fait d'ici, pas tout à fait d'ailleurs ; je lui dis que dans cette ville aux quatre solitudes — celles d'être francophone, anglophone, immigrant et noir —, il faudrait montrer comment notre présence bouscule, bariole, tropicalise le lieu montréalais dont, pour reprendre les termes de Borges à propos de Buenos Aires, les seules beautés sont involontaires. Je lui dis qu'en cette saison d'un Québec qui dansait la salsa, se saoulait de tango et de bière (la Maudite, la Mort subite), qui se donnait en spectacle dans la rue Sainte-Catherine (un festival chassant l'autre, oblitérant l'autre, saturant Montréal de couleurs), on avait besoin d'un Freud pour étudier ces manifestations de l'inconscient, de la névrose et du refoulement. Et dans le même souffle, je lui dis combien j'étais heureux qu'il s'écarte de cette tradition d'écriture qui ne peint de Montréal que le boulevard Saint-Laurent, la rue Saint-Urbain ou le Plateau Mont-Royal ; je lui dis l'originalité que je trouvais de le voir rétrécir l'espace à la dimension d'une rue, planter le texte sur la Côte-des-Neiges, cette rue si différente du boulevard Saint-Laurent et pourtant une rue de la bigarrure aussi.

Ma véhémence surprit Dave. « Chante, ô Muse, l'errance d'Énée ! Annonce Jonas, la colère de ce bon peuple ! ironisa-t-il. Tu m'étonnes, toi qui as toujours préconisé le repli sur l'espace du dedans, du rêve, du désir. » J'allumai une énième cigarette. Ce geste rituel a la vertu de tempérer mes ardeurs, de me réconcilier avec moi-même. Je fumai quelque temps en silence.

Que répondre à Dave ? Que je rêvais, moi aussi,

d'écrire un livre que je n'écrirais peut-être jamais. Que j'aimerais écrire un livre qui serait le modèle réduit d'une immense bibliothèque, elle-même reflet d'un instant du monde. Un livre dans lequel on trouverait les plans, les vestiges, les ruines d'une vaste rêverie encyclopédique — telle qu'on en décèle les traces chez Perec ou chez Queneau — et qui serait en même temps sa critique ironique, désabusée, à la manière de *Bouvard et Pécuchet*. Mais que je ne savais comment m'y prendre pour éviter l'aspect revêche des dictionnaires, des guides touristiques, des manuels de traduction et des index bibliographiques. Que j'avais accumulé des monceaux de connaissances sur les jeux, les records, les étymologies, les phobies, les dates, les mesures ; des montagnes d'érudition ébouriffante et sans nul doute inutile, à partir d'indigestes traités sur l'ontologie de l'exil, de récits d'aventures, de voyages et de découvertes, de morceaux d'ouvrages de vulgarisation d'explorateurs. Que je voudrais écrire sur l'existence, ce torrent chaotique, impétueux ; et sur la mort, ou plutôt sur la disparition (où sont engloutis ces gens si proches qui ont disparu sans laisser de traces ?). Que mon livre, qui parlerait aussi de la pérégrination, retiendrait de la migrance le désir d'inclusion dans un ensemble global. Que je voudrais exprimer ce quelque chose qui renvoie à une conception organique du monde et qui dépasse les séparations, les distinctions et les coupures dont on est si friand. Que ce livre, si contemporain dans son propos, aurait un air d'un autre âge. Que contrairement au sien, qui semblait vouloir s'adresser à des lecteurs sans mémoire et sans culture dont il ne réclamait que la présence ici et maintenant, mot à peau, mon livre serait pratiquement illisible pour des lecteurs qui n'ont pas approché les grandes œuvres qui joueront entre ses lignes.

J'aurais voulu écrire ce livre à genoux, dans une posture de prière, car l'écriture est humilité. On est, quand on écrit, devant quelque chose de plus grand que soi, qui nous dépasse. J'aurais aimé qu'il prenne la forme d'un songe géométrique posé sur le désordre originel du monde : cercle, sphère, la forme ronde de la perle, répondant ainsi à un réflexe bien naturel selon lequel, pour connaître l'inconnu, il faut le rapprocher du connu. J'aurais voulu, pour tout dire, que ce livre prenne la forme de réseaux plutôt que celle d'un récit linéaire, le réseau étant un principe de connexion. J'aurais rassemblé dans cet espace, pendant une période plutôt courte, des personnages très disparates sans destin commun, mais pris dans un jeu de relations plus ou moins durables. J'aurais aimé que le lecteur lise ce livre d'une seule traite, le cerveau embrasé par une foule d'événements rapportés jusqu'aux limites du vocabulaire et de la syntaxe. J'aurais aimé…

La cigarette dans le cendrier s'était presque entièrement consumée. Je me brûlai les doigts en voulant y aspirer une dernière bouffée ; j'écrasai rageusement le mégot avec mon pied droit, expulsai lentement la fumée. La voix de Dave semblait me parvenir de très loin. « Je me suis fait un programme de conditionnement intellectuel que j'exécuterai avec une régularité de champion olympique », annonça-t-il. De quoi parlait Dave ? Cela faisait un bon quart d'heure que, perdu dans mes fantasmes, je ne prêtais plus aucune attention à ce qu'il racontait. Il me quitta sous un vague prétexte.

Rêveries vagabondes. De quoi est faite la vie ? D'occasions manquées, de l'infini des supputations et des calculs sur ce qui aurait pu arriver, des réinventions de soi et du monde possible. Mais la réalité est un obstacle ontologique pour le possible. Je pensais à Virgile pour qui la réalité a revêtu le masque de la Gorgone. J'entendais sa voix la dernière fois que je l'ai vu : « Le cercle se referme ! Le cercle se referme ! » Virgile, surgi de je ne sais où, les bras levés en sémaphore, regardait dans ma direction : « Le cercle se referme ! Le cercle se referme ! » M'appelait-il au secours comme un naufragé ? « Le cercle se referme ! » répéta-t-il de nouveau. Son désarroi ne cherchait plus ses mots, ni son personnage. Il les avait rencontrés, à cet instant précis. « Le cercle se referme ! » Mais quel cercle se refermait autour de cette silhouette livide au teint terreux, pitoyablement respectable, incurablement solitaire, solitude d'un être qui avait tout tenté pour arracher à l'existence ce qu'il estimait être sa part ? Quelle ultime flèche avait-il tirée qui revenait en boomerang sur lui ? Était-ce une façon de signifier qu'il ne reconnaissait plus sa place dans le jeu meurtrier du monde ?

La police de la Communauté urbaine de Montréal s'est déjà intéressée à un homme qui, nuit après nuit, à la lumière des étoiles quand elles étaient au rendez-vous, pendant des heures, errait dans les sentiers du parc Mont-Royal, le point incandescent de sa cigarette flottant telle une luciole. Il marchait sans but, laissant l'air vif de la montagne fouetter son visage aussi lisse qu'un parchemin vierge. Vêtu d'un imperméable beige et coiffé d'un melon, en toute saison, il déambulait, ses périodes de veille de plus en plus déphasées n'arrivant plus à coïncider avec celles des habitants et des habitués du quartier. Depuis quelque temps, plus précisément depuis ce fameux jour de juin, date du massacre de la place Tiananmen, Virgile semblait avoir rompu tout contact avec lui-même et avec ses semblables.

Tout avait foutu le camp : la vie, la crème de ses désirs, la ville, comme s'échappe un cerf-volant de la main d'un enfant distrait ; il avait mis le cap sur les nuages. Il ne s'attardait plus dans les restaurants ni à la terrasse des cafés, ne piquait plus une pointe jusqu'au Café Campus, le triangle des Bermudes de son Montréal à lui, son Atlantide, ce lieu de la libre circulation des désirs où la jeunesse de l'Université découvrait la mondialisation de l'orgasme, métaphore de la fusion ultime avec le divin. Les fantômes qui l'habitaient n'étaient plus conviviaux. Même ses compatriotes et camarades du café trouvaient étrange cette souffrance vieille de plusieurs siècles. Cela faisait un certain temps que mes copains — rescapés du Bouvillon ou nouveaux venus — et moi, qui étions des piliers de La Brûlerie, n'avions pas vu Virgile.

Certains voulurent partir à sa recherche mais prirent conscience que, même si cela faisait des décennies qu'ils le rencontraient, leur amitié avec lui était sans intimité. Ils ne connaissaient ni son adresse ni son numéro de téléphone.

J'aime me promener en autobus. En traversant Montréal en autobus, je me sens comme un enfant dans un parc d'attractions, émerveillé par tant de manèges. J'absorbe avec avidité toute la beauté de la ville et même, dans certains coins, la beauté de sa laideur. J'ai mes rues et mes circuits de prédilection. Le 24 parcourt la rue Sherbrooke d'est en ouest. Sur ce trajet, on peut expérimenter physiquement les deux solitudes : l'Ouest à majorité anglophone et l'Est, bastion des francophones. Le 80 de l'avenue du Parc : un autobus brinquebalant transporte des couples d'amoureux pour les déverser sur le mont Royal. Le 55 longe le boulevard Saint-Laurent, rue frontière au statut particulier, rue de l'épreuve de l'autre, au bornage indécis, contiguïté du proche et du lointain. À la fois centre et périphérie, le boulevard Saint-Laurent est une faille, une erreur d'imagination, un défi lancé, avec son atmosphère de bazar, d'échange hétéroclite de biens et de signes ; le remonter du sud au nord prend à chaque station l'aspect d'un voyage en terre inconnue. Je ne suis pas seulement sensible à l'évidente splendeur de la ville. Je regarde les visages, je scrute leur ennui, je comprends leur lassitude. Ah ! saisir au fond d'un regard l'éclair de désespérance ! Prendre la mesure d'immenses déserts privés d'oasis !

Virgile aimait se promener à la brunante au parc

Mont-Royal. Il s'était érigé en défenseur de ce joyau du patrimoine montréalais. Il arpentait chaque jour le vaste périmètre du site et, en méticuleux collectionneur, il sillonnait les allées, mieux, les ratissait, pour ramasser tout ce qui traînait, reliques d'un univers déréglé : jouets cassés, cannettes de bière, condoms usés, photos déchirées, mots froissés. Une fois, avec un couple, toute une nuit, il avait cherché, à l'aide d'un détecteur de métal, leurs alliances jetées rageusement le jour même de leurs noces.

L'autobus me déposa à l'angle de l'avenue du Parc et de l'avenue du Mont-Royal. Les journaux rapportaient que les résidants du quartier voyaient arriver avec terreur les trois icônes de la civilisation urbaine : il y avait déjà une station-service, un dépanneur et voilà que maintenant s'installait un McDo. Ils disaient que ça commençait toujours ainsi. Quand McDo s'établissait à un endroit, d'autres entreprises du même genre, comme des sangsues, venaient s'y agglutiner. On pouvait donc parier à dix contre un que, d'ici deux ou trois ans, l'entrée du mont Royal serait bordée d'un Burger King, d'un A & W, d'un Roi du Hot-dog et de quelques autres commerces de cet acabit, sans compter les bouis-bouis et autres échoppes parasitaires. On n'avait qu'à regarder ce qu'il était advenu de la Côte-des-Neiges. Et ce n'était pas fini. On avait projeté récemment, pour compléter l'ensemble, de construire en bordure du mont Royal un vaste complexe funéraire et, pour reprendre le mot d'un conseiller municipal siégeant dans l'opposition, « une sorte d'hypermarché de la mort ».

Klaxons en furie, un troupeau d'automobiles bêlait. Qu'est-ce qui justifiait pareil tintamarre à cette heure du jour? J'appris qu'un forcené, juché sur la croix illuminée, menaçait de sauter. Caméras de télévision, ambulances, voitures de police obstruaient l'avenue. Que faudrait-il faire pour qu'il revienne à la joie, à la vie, à l'extase? L'affaire se terminera mal : l'homme sautera dans le vide. Et la circulation reprit son cours, fluide. Que de fois Virgile m'avait raconté qu'il s'était levé à trois ou quatre heures du matin pour aller jusqu'à l'observatoire du mont Royal, jusqu'à la pente abrupte qui surplombe la ville. Que de fois l'aube, la lumière du soleil, la beauté des panoramas, les agaves sur le chemin avaient chassé ses pensées noires. Que de fois, parvenu au sommet du mont Royal, tout, soudainement, lui paraissait si beau que son projet — en finir une fois pour toutes — lui semblait nul et non avenu, ou à tout le moins précipité.

Le fond de l'air, à la tombée du jour, fraîchissait. La Montagne absorbait la lumière ocre, rose de la fin de la journée et étalait ses formes : ravinées ici, en falaise là, ondulées au nord, en escalier au sud. La brume perlière qui se lovait sous les buissons et étouffait comme une soie de Canton les cris des mouettes rieuses me faisait frissonner. Ici et là, de grosses branches, cassées par la récente tempête de verglas, laissaient des plaies béantes sur les troncs d'où elles s'étaient détachées. Tapissés de moisissures, ces espaces avaient été récupérés par une colonie d'oiseaux, le cardinal en tête. J'observais les autres arbres autour de moi. Ils n'avaient pas tous connu ce triste sort. Le temps avait refermé les amples blessures que le froid avait ouvertes. Je scrutais la nuit. Virgile préférait aux itinéraires balisés, cloisonnés et préservés les chemins non tracés qui se font en marchant, les parcours frontaliers où viennent se brouiller les lisières et les chemins de traverse.

Je cherchais Virgile : buisson de ronces, souches sur lesquelles je trébuchais. Je m'arrêtai sur une vue saisissante : à l'horizon, le dessin des Laurentides ou de la plaine de Joliette ; en contrebas, la lumière aveuglante de la ville, le toit éclairé du Stade olympique, la tour de Radio-Canada ; plus proche, des nuages de moustiques s'agitaient dans la nuit.

Je suis frileux des oreilles ; elles ont tendance à geler à la moindre brise frisquette. Je rabattis mon béret jusqu'à la hauteur des lobes, la nuit humide me traversait les os et je croisais des visages qui m'intimidaient : ivrognes, âmes pures, voyeurs… Ces derniers — organisés quasi en confrérie — avaient dans le Parc des territoires dont les intrus, amateurs solitaires ou promeneurs égarés, étaient chassés sans ménagement. De ce côté-ci de la montagne, les sentiers, les allées, les bosquets n'étaient pas dangereux ; on n'y détroussait pas, mais les trousseurs jouissaient avec entrain. De jeunes couples, bêtes perdues, mêlant coïts, sèves et souffles, se livraient à de rudes ébats. La plupart du temps, ils ne se rendaient pas compte — ou ne s'en formalisaient pas, le résultat était le même — qu'ils étaient épiés par des voyeurs armés de longues-vues ou vêtus de noir pour mieux s'approcher tout en passant inaperçus. Une étendue d'herbe courbée par le vent. On aurait dit un ring de boxe ou un terrain de sport protégé par une fragile clôture. Un nœud de mouvements. Leurs membres gonflés se fondaient en une unique masse de chair. À y regarder de plus près, on reconnaissait un couple d'hommes violemment enlacés; leurs corps confondus se poussaient et se soulevaient sous le regard calme d'un voyeur dont la tête émergeait derrière une touffe d'herbes hautes. J'avais vu plusieurs fois l'aube se lever sur la ville, et plusieurs fois j'avais tenté de décrire cette lumière.

J'ai suivi Virgile à la trace, suivi tous les chemins qu'il aurait pu emprunter, mais ses empreintes se brouillaient, s'emmêlaient, revenaient sur elles-mêmes; un vrai labyrinthe. Pareil seigneur qui a vécu dans la poisse de ce demi-siècle au long cours ne pouvait finir comme un rafiot hors d'usage, hors d'âge, la carcasse désossée et bradée jusqu'à la dernière synapse. Il lui fallait une sortie de scène à sa mesure, superbe et tragique, à la manière de ces champions vaincus qui s'éclipsent, torse bombé, au soir d'une défaite. Lutteur infatigable, il avait tout vu, tout connu. Il avait vécu mille et une aventures. N'avait-il pas, au pays natal, survécu à la dictature, à la fièvre typhoïde, à trois emprisonnements? N'avait-il pas échappé aux tirs des G.I. à Santo Domingo? Il avait traversé les époques et les mers, mouillé à Caracas, à Brazzaville, à Varsovie... Il avait accueilli des guérilleros en partance pour le front, Il s'était nourri à satiété, tant qu'il avait pu et sincèrement, de la vogue latino-américaine, flûte andine et mythe castriste, guérilla contre guérilla, terroristes contre terroristes qui terrifiaient les Caraïbes et le sud du continent. En ce temps-là, la guerre ravageait le Vietnam et la révolution se rêvait sur un rythme de rumba ou de salsa en présence d'un héros à béret, martyr de la Révolution.

C'était à cette époque que Virgile avait rencontré Naomi. Peau nacrée, chevelure incandescente de jais, elle semblait sortir tout droit d'un roman de Kawabata, et Virgile disait qu'elle avait été élevée par des parents enseignants qui lui avaient inculqué une morale à toute épreuve. Virgile et Naomi auraient pu se jurer un amour éternel et tenir parole. Mais l'amour est une chose et la vie une autre, surtout quand la vie est celle de ces errants ballottés par les courants contradictoires et les soubresauts d'un monde dévasté. Tout se passa comme si Virgile et Naomi s'étaient longtemps cherchés et s'étaient manqués. Ils ne s'étaient rencontrés que pour une brève et splendide étreinte entre deux échecs programmés. Ils n'ont pas eu le temps de se recouvrir de cette pellicule de patience, de tendresse et d'amitié complice, apanage des vieux couples. Ils n'ont pas eu le temps de connaître la passion qui prend des rides alors que les cheveux blanchissent.

L'affaire est aujourd'hui entendue : quand on perd l'amour, on ne perd pas que l'amour, mais aussi l'usage et le mode d'emploi du monde. Nous sommes nés pour la fusion avec un autre être humain, l'autre moitié dont le plus souvent nous ne fréquentons que des caricatures, des doubles imparfaits, une fois qu'elle nous a quittés. Le reste est à l'avenant. Il est souci d'échapper à la terreur de la solitude. Il est histoire de vanité, celle de plaire.

Virgile n'a pas toujours été cette « Venise » des ruines et de la détresse. La vérité de notre condition n'est vraiment pas belle à voir. Mais à qui se plaindre ? Devant quel tribunal ? Le pays natal est mort, aplati sous le mensonge ; les menteurs se repaissent de sa dépouille. D'un autre côté, comment vivre sur une terre en étant d'une autre espèce ? Comment vivre ici sans passé d'enracinement, sans lignée de famille, ni sous-sol ni grenier bourrés de lettres jaunies et d'albums de photos ?

IV

Leurs cœurs n'ont pas vieilli ;
Passions ou conquêtes, où qu'ils partent errer
Leur font toujours escorte.

WILLIAM BUTLER YEATS

J'ai toujours pensé que les cafés et leurs terrasses sont des points cruciaux qui déterminent les coordonnées des destins. Le café est à la fois un salon, une académie, un conservatoire, un cabinet ministériel. Lieu miraculé de la vie, vaste et insondable. Vito, Paesano, La Brioche Dorée, La Brûlerie ont laissé une trace profonde dans la mémoire des hommes et des femmes qui y ont passé une partie non négligeable de leur existence. J'aimerais mettre en exergue l'esprit de ces lieux, un esprit aux formes innombrables, changeantes, éphémères. Après tout, le café est une agora qui possède la vertu d'un champ magnétique. J'aime les terrasses des cafés, surtout celles qui ont vue sur la rue, sur la mer des passants appliqués à passer. À la Côte-des-Neiges, il ne manque que le port, la rouille des cargos, les grues géantes, le ronflement des chalands, les cales sèches et, au loin, l'horizon bleuté. Vous vous demandez pourquoi j'aime les terrasses des cafés ? Probablement parce que je suis nostalgique des baignades, des mares à crevettes, des eaux impures, des bords de plages où flottent des carcasses de crabes. Habiter une terrasse, c'est une manière de regarder, de voir le monde. L'être humain a besoin de s'échapper, de partir pour espérer mieux revenir, même s'il ne revient jamais.

Cela fait plus de trente ans que nous fréquentons les cafés de la Côte-des-Neiges. Je crois l'avoir déjà dit, nous sommes des naufragés — tous autant que nous sommes. Et maintenant que nous approchons de l'automne de notre vie, les fantômes de notre passé sont prêts à rebondir à tout instant, d'autant plus que notre visibilité a été balayée par l'arrivée successive des Vietnamiens, des Libanais, des Sri-Lankais et des Tamouls. Une fois, on a interviewé un leader de l'une de ces communautés à la télé. À la question naïve de l'animateur « Que pensez-vous des racistes ? », la réponse fut cinglante. Elle surgissait de milliards d'années-lumière de l'ère démocratique : « Ceux-là, il faudrait les fouetter sur la place Jacques-Cartier devant une foule qui les ensevelirait sous des cris de haine et les assommerait à coups de crachats. » Les vagues d'émigrants se succèdent et ne se ressemblent pas. Nous sommes tous des naufragés. Notre mémoire n'est pas seulement un paradis perdu, elle porte la marque de la brûlure d'un enfer d'où nous nous sommes échappé. Et depuis, projetés dans un monde de chaos, nous sommes voués à l'errance, formant ainsi un troupeau de Bédouins qui ne connaissent pas d'autres lois que le respect, l'échange et la complicité des sentiments.

Ils se connaissaient déjà au pays natal et formaient un quatuor. L'un était né au sud de l'île : Jacques Pélissier, qui était architecte de profession, n'arrêtait pas de prendre à partie le pays natal. L'autre venait du Nord, il était médecin : le docteur Barzac purgeait à Montréal une sorte de purgatoire. Il y avait ce fou de Dave, écrivain sans œuvre qui, en quittant le pays natal, n'avait rien emporté avec lui, sauf des livres : quelques classiques latins et grecs dans les éditions Garnier-Flammarion et surtout des recueils de poèmes dont *Dialogue de mes lampes,* où, selon lui, l'auteur discute de la négativité de la vie pour mieux nourrir ses songes. Et Virgile, un militant égaré sur la Côte-des-Neiges, qui ne savait pas que sa vie allait basculer, qu'il deviendrait cet être accablé par un sentiment d'incurable solitude.

Le hasard et les péripéties de l'histoire nous ont tous fait passer par l'Institut français installé dans le pays. Ce n'était plus l'époque où l'on apprenait aux nègres que leurs ancêtres étaient des Gaulois ; on nous a de préférence inoculé la langue française, le rêve de possession de cette langue. Ce poison que nous avons sucé était autrement plus subtil et plus dangereux : nous nous servions de la langue comme d'un recours possible contre l'insupportable réalité. Nantis de ce viatique, nous nous sommes évadés de la terre natale ou nous l'avons désertée, non sans laisser dans notre fuite de grands lambeaux de nous-mêmes : notre jeunesse, nos illusions, notre sol, nos familles, mais aussi nos peurs. Virgile ne s'était jamais remis de cet abandon ; Pélissier ne supportait pas de n'être plus de nulle part ; Folantrain crevait de son exil même s'il l'avait choisi.

Mais tous nous avions un port d'attache, un asile : les terrasses de café. Des naufragés, j'en ai vu dans de nombreux pays et de nombreuses villes. À Paris, ils ont gaspillé des milliards d'heures sur la terrasse de Maheux ou de Capoulade et, quand ces cafés ont été remplacés par des McDo et des Wimpie's, ils se sont réfugiés au Café du Luxembourg. À New York, je les ai vus au coin d'Albany et St. John. À la Havane, au temps de la révolution en pachanga, je les ai vus à la Bodeguita del Medio, pistant le fantôme d'Hemingway. À Miami, ils ont construit de toutes pièces un asile non loin de Biscayne Boulevard. Au pays même, avec la réouverture « démocratique », ils ont encore édifié des temples de l'amitié : La Table Ronde, Plaisance, Quinam…

Nous fréquentions les cafés de la Côte-des-Neiges comme des officiers, un mess ou un club militaire. Qu'est-ce que partir ? Qu'est-ce que choisir un pays, une terre pour planter sa tente ? Est-ce s'exiler ou se vouloir vraiment libre, entièrement maître de son existence, en une nouvelle naissance qu'on aurait eu la force de décider ? Nous plongions dans une modernité sans repère ni attache, un univers, à toutes fins utiles, inconsistant. On peut comprendre que nous soyons en proie à l'angoisse escortée de nausée, à un malaise que nous nous employions à conjurer par tous les moyens, à la peur du vide. Célibataires éternels, laissés pour compte de la fraternité. De nous voir ainsi, d'aucuns pourraient s'inquiéter. Il n'y a pas de quoi. Après tout, nous ne nous en sortions pas si mal.

Depuis le jour de son arrivée à Montréal, Virgile cherchait à percer le secret des constructeurs de pyramides et celui de l'engin qui avait servi à déplacer les statues de l'île de Pâques. Il croyait dur comme fer que, s'il trouvait ce secret, il pourrait mettre fin à la désagrégation du pays natal et refaire de l'île la huitième merveille du monde, ce qui serait un juste retour des choses puisqu'elle avait jadis été la perle des Antilles. Du même coup, il pourrait dire de quel autre globe la Terre est la misérable banlieue. De là cette quête obsessionnelle du secret de la machine qui le poussait à lire tout ce qui concerne l'érection de la tour de Babel, de la tour Eiffel, de l'Empire State Building, du Rockefeller Center, de la tour du CN à Toronto ou du Stade olympique à Montréal.

Quand Virgile parlait des tours, il s'enflammait : « Y a-t-il plus beau mot que celui de tour ? Et comme il est impressionnant ! Tour, la tour ! Semblable à un poème japonais, elle se pointe, majestueuse, véritable défi aux lois de la physique et au Temps, toute constellée de graffitis étincelants, toute revêtue de verre, de béton ou d'acier. Celles, dressées face à la mer dans l'île de Pâques, cette île mystérieuse ; celles éparpillées comme des cailloux pointus en Égypte. Tout New York et l'ordre des maîtres du monde, l'ordre du monde, ne sont-ils pas dans ces sommets ? Les tours exhibent le génie bâtisseur des hommes. La tour de Pise penchée (d'un côté et d'un côté seulement, disait un humoriste) ne marque-t-elle pas et la géographie et l'histoire? Quelle combinaison de l'ornement et de la technique! Quelle harmonie de la forme! La tour est parfaitement conçue pour la voûte du Ciel ou la voûte pour la tour! »

Pendant longtemps, Virgile fréquenta la bibliothèque des jésuites du Collège de Brébeuf, persuadé qu'il trouverait là non seulement le secret de la construction des tours dont les hommes sont si friands depuis le fond des âges, mais aussi des arguments sur l'inexistence de Dieu. « La fin du monde est derrière nous, nous ne l'avons pas vue venir, notre survie est désormais sans enjeu : le Jugement dernier est derrière, nous avons depuis longtemps tout payé. Le monde n'est plus qu'un long vidéoclip où s'agitent des hologrammes caricaturant à l'excès ce que nous fûmes, orchestrés tous par des programmeurs de synthèse cathodique, manipulés par des marionnettes de hasard qui ne doivent leur rôle qu'à leur absence de curiosité et que la moindre question posée réduit en cadavres ivres dans des cercueils blindés. »

Montréal se prête bien à ce jeu : elle tolère la présence simultanée de ceux qui vivent pour l'illusion et de ceux qui s'en tiennent au réel. Pour qui connaît les lieux, il y en a qui représentent le mystère : l'oratoire Saint-Joseph, les mille et un clochers d'églises et d'autres lieux qui symbolisent la modernité : le Biodôme, le Stade olympique, le Jardin botanique, la Place

Ville-Marie. Dave, pour marquer ce contraste, proclame à tout vent que Montréal est la seule ville à sa connaissance qui, chaque matin, se remplit de neige, mais le soir il n'en reste plus aucune trace, tout est emporté.

La ville en ce début d'automne : il n'y avait d'endroit où ne volaient les feuilles d'érables ; les saules s'inclinaient. Sur le perron de l'oratoire brûlaient des nuées de chandelles et leur légère fumée, en se dispersant, montait jusqu'aux nuages. Les derniers pèlerins de la saison (chaque année, ils sont des milliers) déferlaient sur la Côte-des-Neiges, après avoir grimpé à genoux les marches de l'oratoire. Des êtres à l'apparence tantôt commune et triviale, tantôt excentrique et ubuesque : éphèbes et saints ; vieux soudards à la retraite après maintes campagnes en Saint-Denis et satyres vieillis jusqu'à l'os à force d'avoir fréquenté les tavernes ; nymphes quelque peu nymphomanes et demi-mondaines sorties d'une tragicomédie de Michel Tremblay ; vieux forbans échappés des galères de l'Est et putains en mal de repentance ; nègres adeptes du vaudou (la plus grande spécialité des miens) et latinos rougis par le bacille de Koch venus solliciter une guérison miraculeuse.

Tout ce monde, en cette saison, dans un même rassemblement sur l'esplanade de l'oratoire. En ces jours de trêve, en ces jours de paix, toutes querelles subitement évaporées, réunion de motards tous groupes confondus, chevauchant sous leur casque de S.S. des Harley-Davidson astiqués jusqu'à la rutilance.

Célestes moments d'assomption des pesants malheurs de l'existence si lourdement terrestre ; moments de communion dans un espoir tenace, millénaire, que tous, absolument tous, monteront au ciel, les bons et les méchants, les vierges et les putes, les prêtres et les souteneurs, les juges intègres et les usuriers, que tous accéderont à la gloire céleste. Fin août, l'oratoire Saint-Joseph à Montréal concerte une envolée de la condition humaine.

Qu'étais-tu venu chercher dans cette ville, Jonas Lazard ? Qu'y avais-tu perdu ? Y étais-tu venu par hasard ? Comment t'es-tu soudain retrouvé dans cette ville qui habite mal la bordure d'un fleuve ressemblant comme deux gouttes d'eau à la mer ? Égaré en plein espoir, en plein désespoir, après avoir erré à travers le vaste monde, cherchant un coin habitable, tu t'es retrouvé ici, seul. Mais cette solitude n'avait rien d'oppressant puisque, chaque soir, sur une terrasse de la Côte-des-Neiges, il y avait les copains du ressassement éternel dont les sempiternelles conversations nostalgiques, alors même qu'elles disaient le désastre, avaient le don de déclencher une sensation de sérénité, un état d'apaisement, équivalent presque de l'extase primitive. Les copains étaient essentiels à ta survie. Mais la survie se confond-elle avec les rêves égarés de quelques quinquagénaires nostalgiques qui, un beau jour ou un beau soir, sont partis pour un grand voyage ?

Assis à la terrasse de La Brûlerie, je fus submergé soudain par une immense pitié. Je voyais l'absurdité de l'existence. Quelle duperie ce commerce qui ne couvre jamais ses frais, que l'on vende en gros ou en détail. Des décennies depuis que nous nous étions laissé porter par les vents du nord. Des décennies que nous traînions notre bagage de principes humanitaires, pacotille pour le troc. On nous avait promis des diamants, mais seulement voilà, les diamants étaient faux. Des décennies! Que de drames invisibles se sont joués sur ce tronçon de la Côte-des-Neiges. Moi, Jonas Lazard, tel ce personnage de Conrad, je me suis efforcé de vivre avec dignité, par respect non pas tant pour moi-même que pour le spectacle, cette pièce dont le commencement est obscur et le dénouement insondable.

Des décennies! Que n'ai-je point vu sur la Côte-des-Neiges! Les mutations, la métamorphose, l'écheveau géométrique des rues, canevas arachnéens de lignes irradiant du centre, de murs fleuris de roses des vents, d'étoiles de l'air écloses sur la mer de macadam. Les immeubles mêmes ont été happés par le tourbillon de ruines lentes. Les démolisseurs sont venus et leurs masses lourdes ont fait éclater les crépis et les carrelages. Elles ont défoncé les cloisons, tordu les ferrures, disloqué les poutres et les chevrons : images grotesques de géants jetés en bas de leur socle, ramenés à la matière première. Les ferrailleurs à manicles sont venus se disputer les tas de gravats et l'on ne voyait plus par les fentes des panneaux enclosant les cratères que des pelles géantes, jaune d'or, qui montaient à l'assaut du ciel.

« Comment vas-tu ? » demanda Dave au docteur. « Nap Boulé. » Ah, ça, oui, on brûlait depuis des décennies. Le docteur Barzac est vétérinaire, auteur d'une thèse de doctorat sur le comportement prédateur des albatros. Look de professeur : la cinquantaine largement entamée, crâne dégarni, veste de tweed anglais, pantalon de flanelle gris foncé retenu par des bretelles, nœud papillon. Barzac a déjà dépensé une fortune pour faire repousser ses cheveux ; le complexe du chauve. Dans les années soixante, au pays, il avait été arrêté et les policiers lui avaient rasé sa coiffure afro et sa moustache qu'il portait en guidon de bicyclette. Depuis, ses cheveux n'avaient plus repoussé. Quand Barzac arrive à La Brûlerie, le Ministère de la Parole s'empresse autour de lui et, tout de suite, il est placé au milieu d'un cercle. Le garçon du café, un eunuque à la voix chantante et haut perché qui connaît les habitudes du docteur, homme d'un rituel précis, lui apporte dès qu'il s'est assis un verre de glaçons et le menu. Poudré et gominé, le garçon est un modèle de respectueuse obséquiosité. Le verre déposé sur la table, il s'adresse au docteur : « Pardon ! Le docteur a-t-il eu la bonté de désirer autre chose ? » Le docteur prendra un temps infini à lire le menu, fera le point sur les cocktails du jour, sur les différents cafés, lui qui n'aime que le moka java noir, et finira par commander un thé à la menthe.

Barzac n'a pas son pareil pour recenser tout ce que la création a engendré de nuisances animales : mouches tsé-tsé, cafards de la taille de musaraignes dégringolant des lits, abeilles s'insinuant sous les aisselles, cobras des forêts et vipères du Gabon, crocodiles friands de doigts de pied, léopards nocturnes, moustiques, larves des rivières rendant aveugle, gorilles amoureux. Inventaire des terreurs auquel il faut ajouter les fièvres tropicales, le paludisme, le pian qui se transmet d'une blessure à l'autre par les pattes des mouches, le virus Ebola qui déclenche des hémorragies par les yeux, le nez, la bouche, l'anus, avant de transformer le corps en pâte visqueuse. Et les cauchemars d'essence humaine, braconniers du Soudan en quête d'éléphants, hélicoptères zaïrois, bureaucrates marxistes-léninistes, effarants Pygmées. Il connaît par cœur la vie et le destin des anguilles qui, au cours de leur longue vie migratoire, traversent, assure-t-il, deux fois l'estuaire. Elles vont frayer dans la mer et les petites larves se laissent porter sur plus de trois mille kilomètres par les courants océaniques, un voyage qui dure de deux à trois ans. Malgré l'intensité de la pêche, certaines larves parviennent à remonter les rivières plus en amont pour y grandir. Neuf ans plus tard, les anguilles adultes retournent frayer dans la mer avant de mourir.

Quand la description des premiers spécimens de grands mangeurs arriva à La Brûlerie, on crut à une supercherie. Comme il ressemblait à un échantillon empaillé du British Museum, nous crûmes que quelque génie (chinois ou dahoméen) de l'embaumement avait sans doute entrepris de s'amuser.

Le docteur Barzac nous détrompa. « La liste de nos interrogations concernant les grands mangeurs est interminable, résuma-t-il pour nous. Certaines espèces, surtout les petits rongeurs, comme les campagnols, les souris et les mulots, nous fournissent des indices : leur robe, la texture de leur peau, par exemple, permet de lire des épisodes de leur vie un peu à la manière des anneaux de croissance des arbres, de se renseigner sur leurs habitudes de prédateurs, sur leur vie amoureuse, sur les bons et les mauvais moments de leur existence. Mais ces monstres à sang froid ne constituent pas une blague de taxidermiste. Au contraire, ce serait un cauchemar pour taxidermiste. »

À quelqu'un qui voulait savoir comment reconnaître les grands mangeurs, il répondit : « Quoi qu'on fasse, par quelque bout qu'on les prenne, pas moyen de faire entrer ces animaux dans une classification. Si on ne se fie pas à leur talent de chasseurs, à leur aptitude à trouver leurs proies, ils seraient les frères siamois des tontons macoutes de l'époque précédente. D'ailleurs, ils en comptent plusieurs dans leur ascendance. Mais, évolution de l'espèce sans doute, rien de prime abord ne confirme cette filiation. Le grand mangeur est un rapace d'une rare férocité. Cet animal est vraiment impossible à classer. Veut-on le mettre chez les mammifères ? Le bec gêne. Va-t-on le caser chez les oiseaux ? Le pelage fait désordre. Le considérer comme un poisson n'est pas commode, notamment à cause des griffes, bien que le grand mangeur passe le plus clair de son temps dans les eaux boueuses, putrides de la politique où il trouve sa nourriture. Et il vole ! »

L'éclat de rire qui accueillit cette déclaration encouragea Barzac. « Avec un art consommé de la chasse, le voici tout ouïe, qui capte le moindre bruit, le moindre frémissement d'une feuille verte de dollar.

Aussitôt, il tourne la tête dans cette direction jusqu'à ce que ce bruit ou ce frémissement parvienne simultanément à ses deux oreilles. Si incroyable que cela paraisse, l'animal est en effet capable de percevoir l'infime décalage temporel existant entre les instants où le son arrive dans l'une et l'autre oreille. Comment son cerveau parvient-il à réaliser cette performance ? La neurobiologie est impuissante à répondre. On ne connaît pas la nature des neurones qui y travaillent. On soupçonne toutefois que ses cellules nerveuses sont régies par des lois particulières, seules capables de mesurer des décalages temporels aussi fins. »

Et côté sexualité, est-il monogame, polygame ? Barzac demeura un long moment silencieux. « On ignore tout ou presque de son mode d'accouplement, de ses rites et de ses parades. On sait par contre que la femelle, dès les premières fréquentations, l'ouverture de l'oreille droite orientée vers le haut, à l'écoute du ciel, celle de l'oreille gauche vers le sol, à l'écoute des rumeurs souterraines, n'accepte d'être pénétrée que si le son d'espèces sonnantes et trébuchantes arrive perpendiculairement à l'axe de ses deux oreilles. La vulve fonctionne-t-elle comme une machine à sous ? Le doute subsiste quant à la possibilité réelle de jouir tant chez elle tout n'est que feinte, stratégie et ruse. »

Cette remarque suscita maints commentaires. Quand on voulut savoir qui, du tonton macoute ou du grand mangeur, était le plus cruel, Barzac n'hésita pas. « Le macoute opérait surtout la nuit et pratiquait à un très haut degré le camouflage ; pendant un temps, il chassait même cagoulé. Le grand mangeur, lui, tue en plein jour, à visière levée, laissant le corps de sa victime abandonné à la chaleur et à la poussière de l'asphalte. »

Ce jour-là, le docteur Barzac était de retour du pays. Il y séjournait tous les ans, quarante-huit heures. Avec une infinie lenteur, il prit le sachet de thé à la menthe et, à l'aide d'une cuillère, se mit à remuer le mélange avec l'eau chaude de la tasse. Un discret parfum de menthe poivrée s'éleva dans l'air. « C'est suffisant. Je respire l'air. Je regarde la mer. Je m'assieds à la terrasse d'un café. Je commande une bière. Je m'adresse en créole à ceux qui acceptent bien d'engager la conversation. Puis, je reprends l'avion. » Il nous rapportait des images fraîches, tout en émettant quelques rots, la menthe ayant ce pouvoir digestif : « Récemment, une dévaluation a divisé par trois le pouvoir d'achat de la population. Une minorité fait fortune, une majorité vivote, une montagne d'ordures, la crasse, bref un pays complètement déglingué. »

La joie, selon lui, avait déserté les lèvres, les cœurs et les têtes ; il ne restait plus qu'une carcasse de pays, paradis lucratif pour les narcotrafiquants ; un climat de crise s'était installé : crise de l'État, déliquescence de la morale, faillite des industries, exode des paysans, bouleversement des familles, temps de rapines, temps de désespoir, crise d'identité, un monde en roue libre. Un univers où les pendules trépignent, où les êtres grommellent, ressassent, déraillent et sont finalement tous enfants de la même détresse. « Nous faisons face à notre passé qui ne passe pas. Et c'est précisément cela qui fait notre originalité. La fatalité de ce pays est son passé. Il est prisonnier d'époques révolues et grandioses : celle de la prospérité de la société coloniale et celle d'après la guerre de l'Indépendance qui lui valut son statut d'avant-garde. »

Il prit du bout des lèvres une lampée de tisane. « Sans doute, poursuivit-il, on peut dire cela de beaucoup de pays. Mais leurs ressortissants n'ont pas à rompre avec leur passé ni à râbacher le passé des pères de la patrie pour supporter leur présent. Cette histoire que nous traînons avec nous et que nous affrontons en permanence est en quelque sorte le lieu paradigmatique de notre humanité. » Dans le vide absolu de ses yeux, il me semblait lire le vide où avait sombré le pays, rameau déchu d'une perle des Antilles. Pourtant, Barzac ne pouvait pas se défaire de la perte. Il entretenait une relation charnelle avec Haïti et affirmait qu'il n'était jamais parti. Il avait beau courir le monde, porter ses pas jusqu'aux confins de l'Afrique, « ce n'était que par accident, parce qu'on s'accompagne toujours soi-même ; il n'y a pas moyen de faire autrement ». Au fond, le problème du docteur n'était pas le choix de l'exil, lieu de consomption de ses défaites, de ses victoires vaniteuses. Il ne se consolait pas d'avoir perdu le chant, pas seulement celui des humains, mais aussi celui des bêtes et des bois : le ramage du rossignol, le pipeau de l'oiseau-musicien, l'appel de la plaine ou tout simplement celui du monde matriciel, là où son nombril avait été enterré.

« J'aurais aimé garder ma maison là-bas. Chaque

fois que j'y retournerais, il me suffirait d'ouvrir un tiroir, de caresser le dos d'un livre de ma bibliothèque pour savoir que je suis resté là-bas. » On aurait pu croire qu'il souffrait de cette maladie bien connue, la démangeaison du retour, la nostalgie. Pourtant, non, le retour n'était à ses yeux qu'un leurre.

Il vida le fond de sa tasse de thé et ajouta : « Ce repli derrière l'identité nous perdra jusqu'au troisième millénaire. Nous nous définissons contre la France, contre les Américains, contre la République voisine, contre l'étranger, contre le Blanc, comme ils disent, alors qu'il aurait fallu nous définir contre nous-mêmes… Nous ne sommes même pas une nation ; nous sommes des tribus transplantées qui se massacraient déjà en Guinée. C'est peut-être ce qui explique cette riche provision de turbulences accumulées. Nous sommes ce que d'autres peuples ne veulent pas être. Nous ne sommes que des avatars d'un passé que les autres renient de toutes leurs forces. »

Ceux qui l'entouraient le provoquèrent, le pressèrent : s'il nourrissait de tels sentiments envers le pays, pourquoi y retournait-il ? « Là-bas, on ne me demande pas pourquoi j'y suis, d'où je viens. Je suis dans ma langue. Je n'ai pas à répondre sempiternellement à des questions. Je ne fais pas de fautes de prononciation. » Les propos de Barzac faisaient poindre en moi, je ne savais pourquoi, une sourde exaspération. J'aurais dû, pourtant, comprendre que c'était sa façon de traduire l'inouï de notre condition, la malice du destin. Le docteur, en peu de mots, traçait le malaise qui l'habitait dans ce long chemin de purgatoire qu'il avait emprunté. Tout se passait comme s'il était le protagoniste d'un double naufrage, social et surtout individuel. Ce flot de sentiments douloureux n'était que de la nostalgie. Le docteur aurait aimé découvrir là, devant lui, le pays natal, à cette même heure du crépuscule ; il aurait aimé retrouver ses fourmilières, ses amandiers blessés, ses fureurs, ses effrois, le bourdonnement de ses nuits, son impossible silence…

Au fond, il s'immolait ici par la neige, lentement, comme ailleurs on s'immole par le feu, violemment. Avec amertume, il conclut : « Tandis que nos voisins caraïbéens, sans relâche, marchent vers une meilleure qualité de vie, nous, séchés sur notre rocher chauve, nous contemplons au loin la fumée qui monte de leurs cheminées d'usines et nous continuons à marcher au pas des tambours et des mélopées nostalgiques. Comment, après trois décennies d'irresponsabilité, de vol et de concussion, le désir d'un pays autre n'a-t-il pu lever ? C'est à mourir d'ennui ! » Les vitres embuées laissaient circuler une succession d'images floues recréant sur la Côte-des-Neiges un paysage lunaire. Songeur, Barzac appuya ses doigts sur ses tempes comme pour apaiser un battement irritant.

Alors, ceux qui l'entouraient le supplièrent de poursuivre. Il se décida enfin et dit d'un ton d'oracle, dans un style haché, mystérieux, comme celui de la Sibylle : « Notre unique espoir, c'est d'imaginer qu'il y a un fil dans ce labyrinthe et que nous finirons par en trouver la sortie. » Sur quoi, il se leva brusquement. On voulut l'arrêter : en vain. Il laissa l'auditoire bouche bée. Regards vides. Visages allongés. Il avait rendez-vous avec une géante rousse d'une famille américaine de Boston. Ses ancêtres dînaient à bord du *Titanic* en compagnie du capitaine lorsque le bateau mythique coula à pic. Ils avaient échappé au naufrage, ce qui valait à leur descendance, pour le plus grand plaisir du docteur, cette grande bringue de fille postféministe. Dehors, une bruine à peine perceptible rendait l'asphalte luisant.

Barzac parti, je me rendis au Café Campus où j'étais certain de trouver Pélissier. Là, les étudiants lâchaient la bonde à leurs désirs accumulés pendant la semaine. Musique discordante et tonitruante, marathons de saoulerie qui duraient des nuits, défilés de mannequins à demi nus, joints de marijuana. Le rap était à l'honneur. Il fallait prendre le temps d'écouter cette musique émergente qui témoignait d'une nouvelle culture. Dénonciation de l'oppression raciale, de la police, de l'économie criminelle comme lieu de travail, des écoles comme terrains d'affrontements, des églises comme îlots de conciliation, des familles centrées sur la mère, des immeubles délabrés, de la violence comme mode de vie. Il faut tout faire, tout essayer, tout expérimenter avant qu'il ne soit trop tard, car demain n'existe pas. Une musique de la fin des temps, de l'intemporalité, une musique d'enfer, de paradis, une musique de paravent en marge d'un monde trompeur, d'un passé qui n'est plus et d'un avenir incertain ; il ne restait que les mots.

C'est dans cette ambiance de buveurs de bière, de sniffeurs de cocaïne, qu'une fois revenu de l'École des beaux-arts de Paris, Jacques Pélissier s'était plongé. Comme tout le monde, il avait misé sur les élections libres au pays et il y avait, comme tout le monde, fait son tour, affrontant la vie actuelle avec ce qui ressurgissait de son passé. Il était revenu à Montréal, mais en lui quelque chose s'était cassé. Cette cassure, il l'exprimait par une sentence : « Nous avons considéré comme un privilège au début de l'Indépendance de massacrer nos maîtres ; nous avons gardé ce privilège pour nous massacrer nous-mêmes. Il est inscrit désormais dans nos gènes. » Ainsi ironisait-il sur les massacres perpétrés lors des désormais célèbres élections ratées.

Dès le berceau, Jacques Pélissier, béni des dieux. Descendant d'une famille qui, déjà du temps de la colonie, de père en fils, exportait du café, il était indépendant de fortune. Depuis trente ans, à Montréal, il achetait ses cigares au même endroit, chez Blatter & Blatter, maison fondée par Frédéric Blatter, un immigrant d'origine suisse. Son arrière-petit-fils, aujourd'hui patron du lieu, maître ès cigares, grand connaisseur devant l'Éternel, avait en personne incité Jacques Pélissier à abandonner les Davidoff au profit exclusif des Partagas cubains : « Il n'y a de cigares que cubains, comme il n'y a de grands vins que français. »

Il était habité par deux passions : le corps de la femme et les antiquités. Il portait la première à l'un de ses plus hauts sommets. Son intelligence raffinée, couplée à une sensibilité percutante, lui permettait d'évaluer d'un seul coup d'œil un corps de femme. « Le corps fait récit, le corps dit ; la présence, même ténue, la prédominance ou l'absence de caractéristiques annoncent des plaisirs différents. » Il supputait, jaugeait l'orgasme. Était-elle tout en muscles, la chair enrobant certaines parties s'affaissait-elle ou gonflait-elle ? Comment étaient les lèvres vaginales, les cuisses, les fesses, les cambrures, le déhanchement ? Il connaissait par cœur le registre de la langue des corps.

Cette langue admirablement éloquente ne lui dissimulait rien, ni manières au lit, ni âge, ni position sociale. Jacques Pélissier ne passait sur cette terre, selon toute évidence, qu'avec un seul but : aimer toutes les femmes. Rien d'autre ne l'intéressait que ces silhouettes mouvantes, ces corps qui se découvraient ou se cachaient selon les saisons. Cet architecte de cinquante-cinq ans (il en paraissait à peine quarante) qui travaillait dans une boîte d'ingénieurs, au bas de la ville (antre de femmes à la page), pratiquait un véritable culte de la femme élevée au rang de divinité. On aurait pu le croire léger, mais non : son vide et ses manques étaient fastueux et baroques. S'était-il retiré du réel ? Non, mille fois non ! Jacques Pélissier parlait des femmes comme s'il était une femme. Mieux encore, comme s'il était en transit dans le monde des hommes, gêné d'être homme, malheureux dans la gangue où il végétait ; comme s'il vivait dans l'illusion d'une métamorphose qui lui ferait pressentir des visions oniriques.

Sa seconde passion : les antiquités. Tous les pays possèdent deux faces, se plaisait-il à dire : une officielle et une secrète que l'on ne trouve dans aucun guide touristique. L'originalité du Québec, selon les autorités dites compétentes, sa géographie : un vaste territoire pourri de lacs (Pélissier pense qu'il y en aurait un pour chaque habitant) et couvert de forêts au souffle lourd. Or, elle est avant tout humaine. Cet espace avait donné naissance, par-delà les conflits et les malentendus, à une culture singulière. « Ce pays cache un autre pays qui n'est annoncé nulle part ; il n'y a qu'un lieu où le découvrir : chez les antiquaires en réputation. » Et il les fréquentait assidûment : vitrines victoriennes, torchères sculptées en noyer ou en acajou, fauteuils en osier, exubérantes chaises adaptées de célèbres ébénistes français des XVIIIᵉ et XIXᵉ siècles, appliques murales art déco, grandes psychés encadrées de ciselures en forme de tressage stylisé, commodes à dessus de marbre, peintures de scènes de chasse dans le Grand Nord ou paysages de neige aux rêves infinis témoignaient des origines et de la diversité culturelle de cette région unique au monde.

Veston bleu marine à la coupe impeccable, chemise de fil blanc, cravate et pochette de soie, buste droit, svelte, racé, courtois, verbe facile, Jacques Pélissier affichait cette élégance de dandy, cet air tout à la fois insolent, conquérant et léger que décrivait si bien Chateaubriand. Cet architecte avait la réputation d'être un grand collectionneur de femmes. Il se vantait de comptabiliser quatre cent soixante-neuf femmes dont il pouvait dire qu'il les avait singulièrement connues et auxquelles il pouvait accoler un nom. Quelques prénoms se détachaient parfois, les autres étaient perdus dans la brume de l'oubli. Cet état de compte, de son propre aveu, n'accordait aucune place aux femmes innombrables, figures pâlottes, levées dans de faux lieux (parking, terrain vague, hôtel de passe, et même cimetière des fois) et aussitôt oubliées. Ayant des lettres, Pélissier prétendait ne pas ressembler à Don Giovanni, mais plutôt à Valmont, le séducteur de Laclos, car il était, malgré les apparences, adepte d'une esthétique de la qualité, pas de la quantité.

Jacques Pélissier et Virgile étaient des copains d'enfance et d'adolescence. Après une longue dérive, tantôt ensemble, tantôt par des voies différentes, ils avaient finalement échoué à Montréal où ils étaient devenus des piliers des cafés de la Côte-des-Neiges. Pélissier connaissait bien le trajet et la trajectoire de Virgile. Ils étaient même, dans leurs années de militance active, allés faire le coup de feu en République dominicaine à côté de Caamanio. « Les parfums d'une époque révolue perdurent au-delà du temps, même si on ne vit pas dans le passé et qu'on a plutôt envie de l'oublier. Où sont allées toutes ces années riches, remplies d'événements éphémères, qui ont laissé des traces profondes dans nos consciences ? »

La place que Pélissier s'était taillée au sein du Ministère de la Parole était, bien loin des querelles partisanes, celle d'une conscience morale, conscience étayée sur la fidélité à soi-même et à certaines valeurs trempées par l'esprit de résistance. Si, malgré ce long séjour en terre étrangère, il s'identifiait encore à son pays (« Pauvre pays de m… tout d'os et de peau »), s'il en portait encore la blessure et s'en faisait, en paroles, le farouche défenseur, ce n'était pas à la manière des trompettes nationalistes qui sonnent à tout bout de champ un vent guerrier, le regard obscurci par la ligne bleue de leur horizon réduit ; c'était dans une sorte de tension morale, une prise en considération de l'être social et spirituel de l'homme, dans le combat pour la dignité individuelle et collective. Ces idéaux formaient le ciment qui l'avait uni à Virgile, l'homme aux mille et une vies : poumon charcuté, moelle épinière bombardée, cœur rafistolé, bref un homme au corps ravagé comme un puzzle défait. Sans exhiber ce corps mutilé, Virgile le portait à nu, le dressait, le tendait, à la façon d'un curriculum vitæ. Un jour de poisse, il avait fait promettre à Jacques Pélissier de lui construire une belle tombe en marbre et d'y graver une sobre épitaphe en lettres d'or rouillées. Il escomptait déjà le bel effet que cela ferait.

CI-GÎT VIRGILE
NÉ DANS LES FLAMMES DU SIÈCLE
MORT SANS AVOIR VENDU SON ÂME

Ces mots-là ne s'offrent qu'à des complices, ne s'échangent qu'entre rêveurs d'horizons. Cette épitaphe serait comme un dernier hommage avant l'oubli des abysses, un mot de passe pour l'éternité. Ainsi Pélissier expliquait-il son attachement pour Virgile. Lui seul devait savoir pourquoi il avait ainsi sombré, lui qui voyait dans cette mort psychologique une ultime élégance.

Quand je réussis à l'extirper du Café Campus après lui avoir fait part de ma rencontre avec Cynthia, nous nous rendîmes à La Brûlerie. Chemin faisant, nous avons croisé toute une troupe de Japonais qui, à peine descendus de l'autocar, s'acharnaient, avec un enthousiasme désarmant, à tout filmer, à tout photographier. Chose curieuse, chacun de ceux qui filmaient ou photographiaient était lui-même filmé ou photographié filmant ou photographiant une enseigne lumineuse, une borne-fontaine, le dôme de l'oratoire, la tour des Vierges de l'Université, comme s'ils voyageaient non pour voir, mais pour dire au retour qu'ils y étaient allés et en fournir la preuve. Leur circuit est archiconnu : le Canada en huit jours. Demain ils repartiront voir d'autres villes, Québec, Ottawa, d'autres sites : les chutes du Niagara, les roseraies et les oiselleries de Victoria. Ils écouteront d'autres guides, happeront d'autres bribes de légendes, d'autres fragments d'histoire. Pour eux, l'essentiel est dans le mouvement, il faut tourner en rond pour se donner l'illusion d'avancer, alors qu'au fond on reprend toujours les mêmes gestes, tel ce roi de Bavière (Louis II, je crois) qui partait chaque nuit pour des parcours circulaires qui le ramenaient, à l'aube, à son point de départ.

Nous allâmes nous asseoir à l'intérieur, seuls à une table. « La place vide laissée par Dieu demande à être occupée de nouveau. Seul un Dieu peut encore nous sauver. » Jacques Pélissier parlait avec calme, en tirant une bouffée de son cigare qu'il expirait en nuages qui se déployaient et s'enroulaient en volutes au-dessus de nos têtes. Ses paroles lentes, monocordes m'arrivaient à travers le bruit des tasses et les éclats de gaieté de nos voisins. Ceux-ci provoquèrent en moi un malaise, une sensation identique à celle qu'aurait produite un souffle glacé, tout droit sorti de la porte du néant. J'avais l'impression d'être tapi sous un buisson, dans une nuit sombre, et de regarder évoluer des danseurs dans une salle brillamment éclairée, de les regarder de l'extérieur à une distance telle que la musique m'était inaudible; comme si tout d'un coup j'avais devant les yeux le voile de Maya, ce voile qui, selon les hindous, révèle uniquement l'apparence des choses et en dissimule l'essence.

Pélissier avait faim, il commanda un plateau de fromages. La serveuse lui apporta trois parts : deux blanches, la troisième marbrée d'indigo. Entourées de quartiers de pomme, de grappes de raisins, accompagnées d'une corbeille de rondelles de baguette, il y avait de quoi satisfaire l'appétit. D'une voix dont la tonalité me surprit, car elle était presque enrouée, je lui parlai du pays : « Et quelles sont les dernières nouvelles ? » « Dieu est assis sur son trône au haut du ciel, tranquille et inactif, regardant d'un œil digne ce qui se passe au-dessous de lui. Il ne se passe rien. Mais vraiment rien. »

Je connaissais les idées de Pélissier, des idées qui oscillaient entre l'optimisme et le pessimisme. « Dans le doute, disait-il, il vaut mieux penser, entre l'athéisme et l'agnosticisme, qu'il y a quelque chose après, quitte à se hâter à pas de tortue pour aller voir. Il était toujours prêt à se détourner de l'espérance et à basculer dans l'horizon de la tragédie. Cette présence/absence d'espoir l'a toujours habité. Pélissier tout entier est dans cette césure. Il se disait l'homme des certitudes abstraites, nourrissant des projets et une foule d'espoirs tout en suivant un sentier balisé par deux absurdités : l'inéluctable sort de naître et l'implacable destin de disparaître.

En dépit de cet ostensible pessimisme, Pélissier était un être qui se reposait sur l'espoir. Cette façon de croire en un avenir meilleur n'était pas chez lui une nuit de l'âme mais plutôt un instant de lumière : dans le fracas du siècle, il décidait d'introduire un rai de clarté. « Dieu se plaint depuis longtemps : il trouve qu'on l'a mal écouté, mal entendu, mal lu ; qu'on a méconnu sa parole, son rythme, son enseignement, son souffle ; que son évidence, en somme, a été et reste sans cesse déniée, caricaturée et détournée à d'autres fins que les siennes. Dieu n'est pas le terrible ou le bon Dieu qu'on croit, il n'aime pas les sacrifices, les cultes, les attitudes religieuses ou morales, il déteste qu'on le prenne au premier degré et qu'on emploie son nom en vain, il s'irrite d'être compris trop vite ou à demi, il s'afflige surtout des traductions de sa parole qui pullulent sur le marché biblique. »

Cette posture conférait à Pélissier une sorte de dignité. Elle masquait son tempérament tragique. « On ne fait rien pour les pauvres. On se contente de les charger d'avenirs, avec de nouveaux mythes politiques.

Et quand la faim et la pénurie feront sortir les misères des huttes et des mansardes, les nantis se croiront à la merci de cette cour des miracles et crieront à la barbarie… Il faudrait bannir cette religion de la pitié. » Mais l'important, maintenant, c'était de se fondre dans ce tourbillon de modernité. Montréal était pour lui une sorte de fête, de bateau ivre dont il ne pouvait pas débarquer. « Nous ne sécrétons rien d'autre que de l'énergie et de la générosité. Que somniloquies. Que chimères. Qu'amusements… » Pélissier exorcisait-il ainsi sa désespérance ?

Sans transition, Pélissier me dit d'une voix très grave : « L'histoire de Virgile et de Naomi a été dix mille fois racontée dans toutes les langues de la planète. Certes, l'amour est destiné à être redit, comme il doit être cent fois refait. Même lorsqu'il semble se répéter, c'est toujours une autre histoire : un élan, une attirance, une mort. Comment parler de l'absolu amoureux, de l'attente, de l'absence ? »

Pélissier avait raison ; il s'agissait bien d'une mort puisque la rencontre avec Naomi zébra la vie de Virgile sans rémission. Moi, Jonas Lazard, je vous le dis. Je me souviens du jour où j'ai compris que l'esprit de Virgile avait irrémédiablement craqué. L'été avec ses robes et étoffes chatoyantes, légères et transparentes avait fait son lit sur la ville. On était au Café Campus. Accoudé au bar, j'écoutais distraitement la musique, tandis que je voyais, assis à une table sur le trottoir, Virgile se livrer à un jeu de questions et réponses avec quelques étudiants. Je ne savais pas ce qu'il avait raconté, mais j'ai sursauté quand j'ai entendu l'un d'eux l'appeler physicien. J'ignorais qu'il fut physicien. À partir de là, je prêtai attention à leur dialogue :

« Physicien, que savez-vous de la matière ? demandait à Virgile un rouquin aux yeux espiègles.

— Ma foi, pas grand-chose depuis le *De natura rerum* de Lucrèce, à quelques bombes atomiques près », répondit Virgile distraitement.

Énorme éclat de rire des étudiants.

« Que savez-vous de la lumière ?

— Je sais qu'elle se déplace très vite, qu'elle parcourt si vite les ténèbres qu'elle n'a pas le temps de les éclairer. Voilà tout ce que je sais. Au-delà, je reste coi », répondit Virgile imperturbable.

Visiblement, les étudiants étaient bien décidés à se payer une bonne rasade de rires.

« En effet, fit l'un d'eux, ce n'est pas très lumineux, si on peut risquer ce jeu de mots. Pouvez-vous au moins nous dire ce que vous savez de l'espace et du temps ? »

Virgile se leva, fit un pas de côté :

« Demandez à mon copain Albert. »

Cette réponse était pour le moins déroutante.

« Albert ?… risqua une voix interloquée.

— Albert Einstein, répliqua Virgile. J'ai eu le malheur de naître après lui. Moi, physicien fin de siècle, je n'ai pas grand-chose à ajouter. Pas grand-chose ou rien. »

Il gratta le lobe de son oreille gauche, réfléchit un moment, ses yeux reflétant un grand vide : « Rien, vraiment rien. »

Un long silence suivit, puis les étudiants le relancèrent, les questions fusant de toutes parts :

« Et l'énergie ? Parlez-nous de l'énergie.

— Et les trous noirs ?

— Que savez-vous de ceux qui sont dehors ? »

Comment auraient-ils pu deviner qu'en parlant des extraterrestres ils venaient de franchir une zone interdite, Virgile se croyant, ces derniers temps, persécuté par des êtres mystérieux.

« Cessez de m'interroger ! cria Virgile à pleins poumons. Qu'on leur dise qu'ils me foutent la paix. Moi, physicien, mon métier est d'observer tout ce qui remue, va et vient, monte et descend, s'agite et se transforme. Mais je commence à savoir que sous tout ce qui bouge, il y a quelque chose qui ne bouge pas, quelque chose qui ne change jamais, sur la substance ultime des choses que je manipule dans les centrales thermiques, atomiques et astronomiques ; je sais que je ne sais encore rien. N'est-ce pas déjà un grand savoir ? »

Virgile citait Schopenhauer. Aucun des étudiants ne semblait s'en apercevoir. J'ai su, à partir de cette scène, que son esprit avait dérivé.

Pélissier contemplait avec une attention appliquée les quartiers de pomme et les raisins qui ornaient son assiette comme s'il ne pouvait se résoudre à les manger. « Jonas, quelle surprise ! » Celle qui venait de nous accoster ainsi, Pélissier et moi, interrompant sans gêne notre tête-à-tête, chose étrange, je ne me souvenais même plus de son nom. Elle ressemblait trait pour trait à une femme qui, il y a très longtemps, avait traversé comme un météore ma vie. Était-ce elle ? Quand, il y a de cela plusieurs années, j'avais croisé cette jeune femme sur la Côte-des-Neiges, son regard m'avait laissé comme mort d'émotion pendant cinq secondes. Une flopée de mots, de phrases me venaient spontanément à l'esprit. Une flopée d'images venaient me hanter jusqu'à l'hallucination pour évoquer l'étendue satinée du corsage, l'extrême délicatesse de la taille, la pâleur du teint, le rouge sang des lèvres entrouvertes, la brûlante et insistante présence. Une rencontre légère et essoufflante qui ressemblait par moments à une chasse à courre : une meute bondissante de souvenirs qui, désormais et pour toujours, restaient attachés à l'image, à l'odeur de cette femme.

Ce vendredi de juillet où je l'avais rencontrée, il faisait une chaleur et une humidité à couper au couteau. J'avais pris l'habitude de m'installer bras et jambes croisés dans un fauteuil sur la terrasse de La Brûlerie et je regardais passer la vie : grosses nanas pétantes de couleurs, rabelaisiennes à souhait, jeunes pousses aux fines cuisses bronzées, fleurs joyeuses de trottoir, réjouissantes chimères contre la grisaille du béton. Cette activité me paraissait essentielle puisque tout était mis en branle pour désapprouver le moindre coup d'œil, même coulé, qui dévisageait les femmes. Il fallait éteindre ce regard culotté qui jaugeait, soupesait, calculait le volume des seins (je les préfère de la grosseur d'une orange), le galbe des cuisses, devinait le mont de Vénus, le triangle d'or, sous le denim le plus épais. Ici, tout regard appuyé était taxé de harcèlement sexuel; alors qu'un chien regarde un évêque, un homme ne pouvait oser reluquer une femme sous peine de se faire traiter de gros cochon.

Assis à la terrasse de La Brûlerie, l'été, ce que nous nous disions d'âneries! Que les filles sont belles; que les couchers de soleil sont émouvants; que c'est chiant de mourir. À cette époque, notre groupe se tenait toujours du côté gauche de la terrasse qui jouxtait une porte d'entrée aveugle, coiffée d'une enseigne lumineuse sur laquelle scintillaient une icône égyptienne représentant une tête de femme ainsi qu'un nom: Aphrodite, écrit en lettres multicolores entrelacées. De notre point d'observation, nous pouvions voir des jeunes femmes sonner, pousser la porte après s'être identifiées et emprunter un escalier menant au deuxième étage. Il s'écoulait des après-midi interminables, plus de quatre heures sur la terrasse, sans que nous les voyions ressortir. Aglaë Maribou (s'appelait-elle vraiment ainsi?), une des serveuses, un beau brin de femme qui avait une réputation de ravaudeuse de vierges et de faiseuse d'anges qu'elle compensait largement par celle, bien meilleure, de connaître les potins du quartier. Elle y habitait depuis une dizaine d'années. Elle nous raconta qu'Aphrodite masquait une traite des Blanches (c'était du moins le bruit qui courait) et qu'il y avait de grands risques que ces jeunes personnes n'en réchappent jamais. Quelques-unes tombaient dans une trappe et, de là, elles étaient dirigées vers les sultanats d'Arabie. À la vérité, Aphrodite était un salon de bronzage, de coiffure et maquillage. Ces jeunes femmes en ressortaient transformées, méconnaissables.

Elle revenait de ce salon quand je l'ai vue. L'été battait son plein. Assommé par la chaleur du milieu du jour, affalé sur la terrasse, je dégustais à petits coups de langues un cappuccino froid. Ma mémoire me racontait des épisodes heureux de mon adolescence, rejetant tous les points d'ombre, tous les irritants qui pouvaient les ternir. Je meublais ma somnolence de farniente, de journées ensoleillées, de nuits étoilées, de parfum de jasmin et d'ilang-ilang, de longues randonnées à bicyclette, de parties de pêche au crabe. Le souvenir épurait ces moments, les modifiait, les enjolivait. En ouvrant les yeux, je l'ai vue. Elle venait vers moi tout doucement, à petits pas comme un cheval de corbillard, à l'étroit dans son T-shirt moulant, les bouts des seins enrichis de cœurs. Nos regards se sont croisés et nous nous sommes souri, l'un et l'autre surpris de nous reconnaître sans nous connaître. Je l'ai invitée à ma table, comme on se jette à l'eau, sans vraiment réfléchir. Elle a accepté. Étudiante, elle faisait un certificat en journalisme à l'Université et disait travailler pour un magazine interculturel. Elle s'installa le même soir dans mon appartement avec sa machine à écrire et commença mon histoire, et la sienne aussi, notre histoire, en attendant d'inventer une nouvelle langue pour que nous échangions nos secrets, une grammaire douée d'une telle force libératrice que jamais nous n'aurions plus à ravaler nos mots. Que de choses insoupçonnées, inédites nous allions découvrir !

À l'époque, je venais de quitter une autre femme avec laquelle j'avais vécu en semi-concubinage les cinq dernières années. Brenda, elle s'appelait Brenda Venaille, Brenda et moi, nous habitions un duplex, dans une rue voisine de l'oratoire Saint-Joseph. Elle au rez-de-chaussée et moi à l'étage. Il y avait un pacte entre nous. Chacun devait respecter le territoire de l'autre. Exceptionnellement, le haut pouvait descendre, mais le bas ne montait jamais. Chacun respectait l'espace intime de l'autre, et souvent il nous était arrivé de louer une chambre à cinq cents pas, au Royal Terrasse Hôtel, plutôt que de rompre le pacte. Je venais donc de quitter Brenda Venaille sans le moindre remords. Elle l'avait bien mérité. Elle, elle ne m'aurait jamais quitté. Son tort principal était impardonnable : elle avait, avec une facilité qui m'avait déconcerté, raconté sa vie intime au premier venu. Brenda était québécoise. Elle ressemblait à beaucoup de Québécois et Québécoises : ils ont toujours besoin d'un confesseur.

L'Église catholique, au Québec, a connu un grand revers : la Révolution tranquille lui fut funeste. On sortit les crucifix des écoles et, avec eux, les nonnes qui avaient dédié leur vie au Précieux-Sang et les abbés et les curés et les clercs et les frères de Saint-Viateur. L'arrivée de ce pape trublion qu'était Jean XXIII paracheva l'infortune de la Sainte Église au Québec. L'encyclique *Pacem in terris* perturba complètement le corps religieux et les membres, toutes catégories et tous sexes confondus, ont défroqué à la pelletée. Les Québécois se sont retrouvés en deuil de confesseurs. Ils ont souffert un moment de déréliction, erré de-ci de-là. Ils ont tout essayé : le zen et le tantrisme, le vaudou et les gris-gris, l'herbe et la fumée, le rock et la lambada. Rien n'y fit.

Puis ils ont expérimenté d'autres placebos, les prévisions de Nostradamus suivies pendant quelque temps de la mode californienne New Age, avec d'autres substituts mystiques, mêlant dans un invraisemblable bric-à-brac tarot, astrologie, secrets des pyramides, voyages dans la quatrième dimension et autres recettes de vie qui se sont révélés des cautères sur des jambes de bois.

Un beau jour, ils ont pensé être sauvés quand ils ont appris l'existence en Europe d'un expert en ramonage de l'âme humaine. Ils ont voulu le faire venir. Mais on leur apprit qu'il était mort depuis longtemps. Ils se sont rabattus sur sa progéniture : psychanalystes, thérapeutes, magiciens, diététiciens, sexologues. Les corps et les cœurs désertés furent confiés à ces nouveaux prêtres, qui les abandonnaient à des dérives boulimiques ou à des anorexies dévastatrices. Ils traînaient leur corps comme des zombis brusquement réveillés de leur sommeil cataleptique. Brenda en était un exemple patent.

La semaine précédant ma rencontre avec mon étudiante journaliste, Brenda et moi avions loué, une fois de plus, une chambre au Royal Terrasse Hôtel. Moment parfait, chaque parcelle de peau satisfaite ! Moment de grâce, la minute d'après l'amour. Et pourtant, nous le savions sans nous en être jamais parlé ; nous étions venus une dernière fois à cette chambre du Royal Terrasse Hôtel pour rompre. Chacun, de son côté, le savait. Je l'avais regardée préparer une cigarette

(une feuille de papier enroulant une feuille de marijuana, un joint exquis). Nous l'avons fumé en silence.
La fumée inhalée lentement facilita les mots et les
gestes de la séparation. Tristan et Iseult des temps
modernes, nous avons absorbé le filtre à l'envers, fumé
la cigarette de l'éloignement; un fond musical emprunté à quelque île ensoleillée suffisait pour voyager.
Moi, étendu sur le lit, les yeux rivés au plafond.
Elle, assise près de la fenêtre qui donnait sur la rue.
Brenda lança, à brûle-pourpoint : « Toi, tu ne respectes
pas la dynamique des relations humaines. Tu dis à une
femme, une seule fois, que tu l'aimes et dans ta tête l'affaire est réglée. Tu figes cet instant pour l'éternité. »

Où voulait-elle en venir ? Faisait-elle ce constat
pour la première fois ? Je savais qu'à l'instar de beaucoup de femmes, la trentaine avancée, elle n'acceptait
pas de ne pas tomber enceinte dans les six mois qui
suivaient l'arrêt de son contraceptif. D'instinct, je me
tins sur la défensive. « Ne vois-tu pas que je crève de
silence ? » dit-elle dans un sanglot à peine étouffé. Là,
je ne comprenais plus. Elle m'apprit que depuis des
années elle souffrait d'un trouble de la parole. Elle n'arrivait pas à exprimer sa pensée. En public, elle bafouil-
lait et, pour elle, c'était une telle souffrance qu'elle
a eu recours à un psychanalyste (célèbre sur le marché montréalais, lacanien de surcroît) qui la recevait
pour un prix faramineux trois fois par semaine. Elle
prenait donc trois fois par semaine le chemin d'un
divan pour aller avouer ses secrets, nos secrets, se
confier, se confesser.

Je la savais peu loquace et n'attendais jamais d'elle de longs discours. J'avais mis cela sur le compte de son éducation très stricte, chez les sœurs de Sainte-Anne, à Lachine, où elle avait grandi. J'attribuais ses silences, selon les saisons, à de la morosité, à une mélancolie passagère due à quelque contrariété qui ne me concernait pas, à la pleine lune ou, plus simplement, je me disais que l'amour est souvent taciturne. Mais en fait, Brenda cherchait, dans une sorte d'urgence exaspérante, un espace d'accomplissement.

Je sursautai quand Brenda avoua qu'elle disait tout à son psychanalyste à notre sujet. « Tout ? » m'enquis-je ? Elle confirma : « Tout. » Alors, je sortis de mes gonds : ainsi donc, notre vie intime, nos échanges de liquides, de fluides, d'odeurs fortes, de sperme, de sueur, de microbes, de bactéries avaient été étalés au grand jour. Donc, à peine avait-elle fait l'amour avec moi qu'elle courait raconter, et ce, depuis des années, avec force détails, à ce type que, dans ma furie, je traitai de tous les noms : de surintendant des coucheries, de notaire des coïts. Je me sentais bafoué, trahi. Depuis des années, elle m'imposait cette pénible situation de faire l'amour à trois, moi qui n'ai jamais aimé la promiscuité, les orgies, les bacchanales. Les bras m'en tombaient. « Femme infidèle ! Femme adultérine ! Je te répudie. » Je m'étonnai moi-même. Cette femme qui avait occupé mon esprit pendant quelque temps, la voilà à la porte. Pourtant, je ne ressentais aucun vide. Pas de dépression. Une séparation sans pleurs.

Quand les blessures se referment, quand elles ne font plus souffrir, elles deviennent des livres. Écrire est la meilleure façon d'échapper à la mort. Écrire, c'est dire, mais dire n'a d'intérêt que si c'est une tentative pour exprimer l'indicible.

V

Le concierge des ruines.

Chemin de la Côte-des-Neiges, il n'y a pas de chiens calamiteux à chanter, de chiens abandonnés errant dans les ravins, de ceux qui, comme chez Baudelaire, disent à l'homme solitaire, avec des yeux clignotants et spirituels : « Prends-moi avec toi, et de nos deux misères nous ferons peut-être un espoir de bonheur. » Sur la Côte-des-Neiges, il y a les flâneurs du boulevard dont une bonne part d'existence se gaspille entre l'oratoire Saint-Joseph, la montagne et la rue Jean-Brillant. Chaque jour, souffrant d'une inguérissable colique de vie, on les voit, dans cet espace pas plus large que la paume d'une main, comptant les consommateurs installés à la terrasse des cafés, lorgnant les cuisses et les jambes des femmes, accrochés à la suspension d'un souffle, à la courbe d'un sein, au frémissement gourmand d'une lèvre, aux imperceptibles froissements d'étoffes : il paraît que sous ce murmure froufroutant on entend un autre langage. Ils sont là, chaque jour, fidèles au rendez-vous, à l'heure de la bière, à l'heure du deux pour un, de cinq à sept. Ils ont en commun un fidèle attachement à l'esprit des lieux. Ils guettent désespérément, là, aux confins du Grand Nord, l'odeur âcre de la mer, le bruissement de la brise à travers les tiges de roseaux, les voiles blancs des barques dispersées sur la mer émeraude. À les écouter, on se convainc que le tourisme n'a pas tué les vrais voyages du corps et de l'âme, l'événement des rencontres, la force des complicités secrètes entre les humains et les lieux de la terre. Il reste à tous les carrefours des aventures possibles et des émotions nécessaires pour qui veut se donner simplement la peine de se déplacer.

La pensée, aujourd'hui, dépend-elle du déplacement ? Il ne s'agit pas nécessairement d'aller très loin. Un moyen de transport n'est pas obligatoirement requis. Un pas de côté suffit pour passer d'une discipline à une autre, d'un groupe social à un autre, d'une lumière à une ombre, d'une théorie à une fiction, d'une loi à un exemple, d'un immeuble à une forêt, d'une humeur à son contraire. Finalement, les méfaits du tourisme auront eu sans doute le mérite de faire redécouvrir la nécessité des mouvements infinitésimaux. Pour connaître, on peut aller à l'autre bout du monde en avion, par bateau ou, grâce à Internet, regarder tous les documentaires et les clichés, avoir à portée de main l'essentiel, l'accessoire, les guides, les encyclopédies et les phrases toutes faites. Pour voir, on n'a qu'à faire un pas, et l'on sera ébloui par la transparence de l'aube qui laisse miroiter l'or des collines, fasciné par l'architecture subtile et changeante des nuages. Si l'on fait un pas de plus, on se retrouvera là où le fleuve, grand boulevard inconscient de Montréal, reflète les rêves.

Si vous croisez sur la Côte-des-Neiges un petit homme énergique, les sourcils en accent circonflexe (des broussailles blanches emmêlées), les yeux à l'éclat bleuté exorbités (je n'ai jamais vu de tels yeux sauf, une fois, au parc des Laurentides, dans une tête d'orignal attachée sur le capot d'une voiture), le bout du nez en bec de pic-vert et des narines en ruche d'abeilles, surmontant une lippe gourmande, les joues en permanence mangées par une barbe blanche de plusieurs jours ressemblant à un paysage de neige, alors vous aurez rencontré Dionysos d'Acapulco, fringant retraité et rentier de surcroît. Nous l'appelons Dionysos d'Acapulco parce qu'il passe, chaque année, la période des grands froids à boire de la tequila au Mexique. Par-delà l'intérêt plastique, ce visage singulier a la vertu de susciter la sympathie.

Il arriva ce jour-là, plus magnifiquement vêtu que le richissime Crésus au temps de sa gloire. Souffrant par intermittence de lumbago, il était obligé de porter, fixée par un bandage, au-dessus des reins, une boîte calorifique sur laquelle il avait écrit le prénom d'une femme qui, disait-il, occupait toutes ses pensées. « Elle rayonne littéralement dans mon dos tandis que je marche soutenu par mes fantasmes. » À peine assis, il sortit son téléphone cellulaire et composa avec un soin de myope un numéro. Au ton de la voix et à l'allure de la conversation, on comprit qu'il parlait à une femme. Il l'invitait à se rendre avec lui sous des cocotiers à rabais, en quelque Sud à portée de charter. Il disait qu'elle le reconnaîtrait à peine sous son chapeau à large bord et qu'il lui réciterait des vers en espagnol : « … Je t'aime… je t'aime, je t'aime… oui, je t'aime… je te promets qu'on va vivre notre folie ; après, tu ne voudras plus me quitter, pas même une heure. » De l'appareil, pendant les intervalles de silence qui entrecoupaient ces promesses et déclarations de flamme ardente, une voix impersonnelle nous parvenait en sourdine, reprenant en leitmotiv : « Il n'y a pas d'abonné au numéro que vous avez composé. Veuillez vérifier dans l'annuaire et composer de nouveau… » Sacré Dionysos d'Acapulco !

Un été, il y a de cela des décennies, assis à une terrasse sur la Côte-des-Neiges, je crois que c'était chez Vito, nous regardions des femmes chargées de sacs, de filets de vivres, déambuler sur le trottoir ; elles se dirigeaient vers la station de métro, suivies par des hommes qui consultaient, en marchant, la section du quotidien *La Presse* consacrée aux résultats de loterie et aux offres d'emplois, rares par ces temps de disette comme de la merde de pape. Tous avaient l'air d'affronter la vie fatigués, comme ils affrontaient les rigueurs de l'hiver, mais c'était peut-être une fausse impression. Notre attention fut soudainement attirée par des propos quelque peu grandiloquents : « Vivre au

Québec, c'est une façon honorable d'expier la faute d'Adam et Ève, et le crime de Caïn, crime que la millionième génération d'êtres humains n'aura pas fini de payer. Certes, cela me plaît de penser que dans l'un des endroits les plus climatiquement impossibles du globe, nos ancêtres ont fabriqué un pays où l'on peut faire l'apprentissage du vivre ensemble, où chacun peut donner une tonalité spécifique aux éléments : les saisons, les dimanches, les soleils… Qu'est-ce que c'est que ce pays où l'on ne peut pas regarder les femmes, alors qu'ailleurs c'est le moyen classique de leur faire comprendre que nous languissons pour elles ? » Il y avait de la révolte dans les yeux fébriles du petit homme. « L'ennui, ce n'est pas une punition passagère, mais un style de vie ! » Homère Tremblay, dit Dionysos d'Acapulco, avec ces paroles emphatiques, venait de faire son entrée dans notre cercle.

Ses ancêtres avaient débarqué sur cette terre il y a quatre siècles et il se vantait de perpétuer, depuis soixante-deux ans, leur mémoire, par ses traits, sa langue et son accent. Homme d'une urbanité exquise et légèrement surannée, Dionysos d'Acapulco oscille avec le vent des événements. Même s'il peste contre l'ennui qui, selon lui, transpire d'une terrasse à une autre, suinte de l'adolescence à la vieillesse et rend uniformes Noël, le jour de l'An, le 24 juin ou la Chandeleur, Dionysos d'Acapulco ne s'oppose ouvertement à rien, se faufile aisément à travers les mailles d'un filet tricoté serré et, faute de mieux, se résigne au pis-aller. Fin renard, il sait toujours sur quel pied danser, à quel saint se vouer et, puisqu'il n'est pas né muni d'une boussole, il s'oriente par tropisme. Bleu un matin, donc indépendantiste, rouge le lendemain, donc libéral fédéraliste, il sent venir le vent et suppute à mille lieues la bonne direction.

Être hybride, image parfaite du mutant, il vit au confluent de deux mondes, de deux ordres de valeurs qui, en s'affrontant, se plaisait à répéter Virgile qui n'avait pas beaucoup de sympathie pour Dionysos, « se désinvestissent de toutes leurs qualités positives pour engendrer un être sans relief et sans qualité, une espèce réduite au seul repère biologique de l'instinct de préservation ».

Sarcastique et parfois secoué par des accès de fièvre misanthropique, Dionysos d'Acapulco ne croit plus (y a-t-il jamais cru?) à l'allégresse des grands horizons, à la découverte de l'étrangeté des autres. Se définissant comme un outsider, il dit «jouir beaucoup plus, désormais, des rêves du voyage que des voyages de rêve». Sans doute, dans son esprit, les distinctions qu'il sied d'établir entre celui qui subit l'«occidentalité» et celui qui est carrément occidental ne sont pas claires; d'où ses contradictions, il faudrait même dire ses blocages mentaux. Capable du pire et du meilleur, de surfer sur des récifs, il est le roi de l'ambiguïté, un chassé-croisé d'antinomies époustouflant: d'un côté, il fustige toute tentative de laïcité comme étant l'œuvre destructrice du malin, de l'autre, il exhorte ses compatriotes à apprivoiser la liberté d'esprit, à la maîtriser. Homère Tremblay, un être complexe, fragmenté, mais qui arrive à gérer les multiples articulations de ses fragments.

Nous ignorons presque tout de sa généalogie sinon que, originaire de la région de Chaudière-Appalaches, il avait eu un grand-père agent administratif et bedeau, un père comptable dans les chantiers maritimes de Lévis. Neuvième d'une famille de neuf enfants, il était le seul à avoir fait des études universitaires. Trois de ses frères avaient consacré leur vie aux travaux de labour, de fenaison et de moisson ; ils s'étaient partagé la ferme parentale. Thérèse, la sœur aînée, avait épousé Dieu, par couvent du Précieux-Sang interposé. Son autre sœur, Huguette, avait été foudroyée d'amour par un jeune noyé, un marin qui s'était échoué sur les rivages de Lévis et qui était mort dans ses bras. Dès lors, elle fut considérée comme une possédée : un habitant de la mer était venu s'emparer de son cœur. Le curé du village l'exorcisa, voulut la marier à un instituteur, qui disparut un matin sans avertissement. Les parents, plusieurs mois après, reçurent une lettre d'Afrique où il était missionnaire laïque.

Lui, Homère, a vécu une vie de flammes. Né dans un pays brut, lumineux et veuf d'Himalaya, il y avait bourlingué tant et si bien qu'il s'était retrouvé en Abitibi, dans ces paysages arides au ciel bas, alors qu'il était à la recherche du changement. Il aurait aimé connaître l'exil et cette hauteur du regard de ceux qui ne viennent de nulle part, ou de si loin que c'est pareil. Il se serait aimé étrange, différent, originaire d'une terre brûlée, abolie, d'un peuple persécuté, d'une carte défaite. Il aurait voulu venir des Balkans, ou être juif, ou avoir des parents devenus américains lors de la révolution industrielle. En lieu et place, il avait trouvé la forêt et, comme un diable dans un bénitier, sema la hache dans la chair des bouleaux et des peupliers, traversa un monde de charrues qui retournaient sempiternellement la terre pour la remettre à neuf. Et puis, un beau jour, il avait accosté à Montréal et fixé ses amarres à Côte-des-Neiges. « J'aime au Québec la façon dont l'Histoire, ici, ne se déchaîne pas », dit-il pour se consoler. Quand on lui demandait : « Comment vas-tu ? » Il répondait ne varietur : « Comment ça va ? Je respire encore. La rencontre de deux chemins est un carrefour. Et celle de deux hommes ? »

Il n'avait trouvé que ces expressions, qu'il tenait toujours prêtes et qui franchissaient ses lèvres sans qu'il sache ce qui au juste les attirait dehors. La soixantaine passée, devant lui semblait s'ouvrir une longue houle de temps. Parler à Dionysos, c'était comme franchir le seuil d'une vieille demeure meublée par des générations successives, remplie de bibelots hétéroclites, ces alluvions déposées par le cours d'une vie. Dionysos était maintenant un ancien combattant qui, comme tous les anciens combattants, usait le reste de sa vie à raconter la bataille de Verdun. Il repeignait les couleurs de sa jeunesse et revivait des bals de fin d'études sur des visages de femmes vieillissantes. Il croyait cueillir avec elles des fleurs fraîches, alors que leurs mains ne pouvaient même plus tenir les vases de cristal, qui étaient de toute façon fêlés. Destins déchiquetés, triste chanson dont les paroles se perdaient dans le chevrotement de voix, elles aussi fêlées...

Dionysos d'Acapulco, élément d'un paysage d'après la catastrophe : algue fanée, méduse rejetée sur la grève, étoile de mer aux vains bras, galet strié par l'ardeur du froid. Un œil qui observe mais qui hésite à prendre en charge le récit. Il ne le peut pas puisque sa vision de l'Histoire s'inscrit quelque part dans l'inachevé. Un homme à l'écorce rude que ce Dionysos d'Acapulco, sculpté comme un Bouddha au sourire éternel ; pourtant, il se dégageait de lui une impression de ruine, de déréliction et de déphasage.

Ce jour-là, fidèles à nous-mêmes, notre conversation, comme souvent, naviguait dans les eaux abyssales du rien, transportée par la barque des choses futiles. Dave Folantrain, particulièrement en verve, louangeait tour à tour la cécité, la bagatelle, le bouillon de requin, après plusieurs éclats de voix sur la grandeur et l'élégance du point-virgule ; sur quelques hypothèses concernant la présence de l'eau sur la planète Mars ; sur le but gagnant de Joe Gaetjens contre l'équipe de foot d'Angleterre lors de la Coupe du monde de 1950, un exploit perdu dans les limbes de l'oubli ; sur Frank Sinatra qui commença sa carrière en imitant Billie Holiday qui, elle, n'imitait personne, même pas Bessie Smith ; sur le souffle de vie, cet autre souffle qui ne débouche sur rien.

Puis, nous avions entamé un nouveau chapitre : la gueule de bois. Selon Jacques Pélissier, c'est la quantité d'alcool absorbée qui laisse, au petit matin, ce goût pâteux dans la bouche. Dave Folantrain était catégorique : seule la qualité de l'alcool devait être mise en cause. Moi, Jonas Lazard, qui ai connu tant de caravacheurs, de grands buveurs, je n'hésitai pas à trancher du côté des mélanges. Nous fîmes appel à Dionysos d'Acapulco pour nous départager : « Ni l'un ni l'autre, messieurs, aucun de vous ne l'a. Avez-vous remarqué que c'est le matin, après une nuit de cuite, qu'il vous prend cette sensation nauséeuse, cette migraine carabinée, cette lourdeur de cœur ? C'est le sommeil qui donne la gueule de bois. »

Cet avis péremptoire une fois émis, il changea de conversation. Il voulait nous faire part d'une nouvelle particulière relatée par l'hebdomadaire *Voir*. Après qu'on l'eut mis en bière, un dictateur octogénaire qui régnait sur son île depuis plus d'un demi-siècle s'était redressé, tel Lazare, et, au grand effroi de l'assistance, était sorti de son cercueil. Le vert patriarche a confié qu'il avait feint cette léthargie afin de savoir ce que les gens diraient de lui après sa mort. Il s'était senti rassuré par l'avalanche d'éloges funèbres, persuadé que tous avaient bien dit la vérité et non débité des flagorneries, comme c'est souvent le cas en pareilles circonstances. Cette mise en scène avait coûté une petite fortune. Mais que le contribuable se console, le dictateur gardait le cercueil.

Dionysos d'Acapulco avait le monopole des nouvelles insolites et tenait l'inventaire des faits, des événements qui ont modifié nos vies depuis un demi-siècle : la percée des autoroutes, l'invasion des supermarchés, la mise en orbite des satellites, toutes les innovations aux odeurs d'essence et de plastique, la chute du mur de Berlin, le démantèlement de l'Empire soviétique. Il ponctuait chaque annonce de sa sempiternelle phrase : « S'ils vivaient encore, qu'en auraient pensé Nerval, Zola, Éluard? Comment auraient-ils réagi devant tant de tourmentes? »

La rumeur est le premier état des faits avant qu'ils ne deviennent vérité. La nouvelle voulant que Virgile ait eu une fille de Naomi et que, vivant à Montréal, elle m'ait rencontré à la terrasse de La Brûlerie avait vite fait le tour du Ministère de la Parole. Et ce jour-là, pour tenter de combler le besoin qu'elle avait exprimé de connaître son père, tous y allaient de leur histoire, un véritable concours de mémoire. C'est ainsi qu'ils ont raconté deux versions du passé de Virgile, l'une répandue au pays natal, l'autre, dans l'émigration. Dionysos d'Acapulco se portait garant de son authenticité. Ces versions, évidemment, n'étaient pas une fausse et une vraie, les deux éclairant à leur façon la figure énigmatique de Virgile. Énigmatique à cause des innombrables aspects de sa vie qui resteront à jamais dans l'obscurité, par manque de sources, même si certains, à une époque ou à une autre, prétendaient avoir pu lui arracher quelques confidences. À la manière des archéologues qui font des fouilles de sauvetage sur un site que la pelle mécanique va détruire, je possédais quelques fragments qui, mis bout à bout, étaient susceptibles de « faire sens » : Virgile, déjà au pays, avait la réputation d'être un sphinx.

« Trente-cinq ans auparavant, quiconque l'aurait rencontré au coin d'un bois l'aurait pris pour un brigand ; en société, sous un clair de lune, pour un conspirateur politique ; dans la pénombre d'une antichambre, pour un prêtre sorcier ou quelque charlatan faisant commerce d'élixirs à base d'absinthe et d'arsenic. Peu se souviennent que trente-cinq auparavant, durant les années de sang, au cours d'une célèbre grève d'enseignants et d'étudiants qui avait mis à mal l'équipe gouvernementale, la police s'était présentée à la demeure familiale pour arrêter son frère. Il n'était pas chez lui. Virgile savait où le trouver ; il courut le prévenir pour qu'il se mette à couvert. Manque de pot, les sbires du régime l'avaient suivi. Il n'a jamais pu se consoler, convaincu qu'il avait trahi, livré son frère qui fut torturé à mort. Il gagna le grand large, fit le circuit habituel : Paris, Prague, La Havane, les camps d'entraînement d'Europe de l'Est et du Moyen-Orient.

« Pendant longtemps son nom fut absent de tous les annuaires, et au moment où son souvenir commençait à s'estomper, on le vit surgir à Montréal. On devinait qu'il n'avait pas eu le courage d'aller jusqu'au bout de ses rêves, et cet arrêt à mi-chemin l'avait encore une fois marqué, comme si désormais tous les chemins débouchaient sur un vide béant… L'ultime geste qu'il avait fait était-il inscrit, d'une certaine manière, au bout de cette course folle, de cet appétit de vivre ? Énigmatiques étaient les causes de sa disparition. » Ceux qui soutenaient cette version étaient convaincus qu'elle était la bonne, la vraie, la seule.

« Pour que le destin déraille et s'accomplisse, il suffit d'un grain de sable. En l'occurrence, pour Virgile, ce fut le départ. » Ainsi parla Dionysos d'Acapulco. Virgile lui avait, un soir où ils s'étaient retrouvés tous les deux seuls, confié son histoire. Il y avait longtemps qu'il voulait quitter le pays. C'était, lui avait-il dit, une manière de protester, de proclamer qu'il était un homme libre, et cette liberté, il voulait d'abord la reconnaître tout entière grâce à la plante de ses pieds, comme un aveugle reconnaît les objets en les touchant de la paume de ses mains. Un après-midi, alors qu'il se baignait quai Christophe-Colomb, un porte-voix tonitruant annonça qu'un touriste avait laissé tomber dans la mer un sac qui contenait ses papiers d'identité et ses chèques de voyage. Celui qui plongerait et ramènerait ce sac recevrait en récompense un aller-retour sur le bateau de croisière qui voguait vers les Bahamas. Virgile savait à peine nager, encore moins plonger. Quelle déesse de la nuit l'avait accompagné quand il décida de tenter sa chance? Le lendemain matin, il vissa une casquette sur sa tête, celle que pendant près de quinze ans il a portée par beau ou mauvais temps, prit son baluchon et partit.

À cette époque, à Montréal, où il finit par échouer, le point de chute était chez la mère Millette, une pension de famille, une sorte de gîte du passant avec enseigne lumineuse, nains en plastique dans le jardin, vieux pianola, grenier et escaliers menant aux chambres qui craquent sous les pas. Le lieu était particulièrement accueillant. Il y resta deux ans. Le baluchon qu'il traînait ce soir d'automne où il débarqua à

Montréal était plus précisément un vieux sac à dos, laid, usé jusqu'à la corde, où il avait rangé à la hâte deux pantalons, trois chemisettes, une unique chemise blanche qu'il lavait chaque soir en rentrant et qu'avant de dormir il déposait sur le radiateur de façon à la trouver sèche et à pouvoir la repasser dès l'aube, de nombreux flacons, pots et potions contenant des remèdes contre les migraines carabinées, les coliques de miserere, les vomissements spasmodiques, les paresses de l'intestin. Un passager du bateau lui avait donné un caleçon molletonné long et des chaussettes authentiquement canadiennes, faites de mohair provenant de la toison de ses propres chèvres angoras. Il lui avait expliqué que ces bêtes étaient tondues tous les six mois ; les toisons triées à la ferme, dégraissées, traitées, cardées, filées étaient devenues ces chaussettes qu'il lui offrait. « Le mohair est une fibre naturelle reconnue pour sa douceur, sa durabilité et son pouvoir d'absorption. Les pieds méritent un traitement de faveur. Il faut leur faire plaisir. Ils ne peuvent demander mieux que du mohair ; et facile d'entretien avec ça. »

Le sac à dos était bondé, mais il y avait quand même trouvé de la place pour quelques livres : *Le Monde comme volonté et comme représentation*, texte qui ne l'a jamais quitté tout au long de l'errance, ainsi que *Les Métamorphoses* d'Ovide, *Père et Fils* de Tourgueniev, *Minima Moralia* d'Adorno. Ces livres constituaient sa bibliothèque ambulante, une sorte de vademecum qu'il a porté longtemps dans sa besace comme l'escargot, sa maison sur son dos. Quand Dionysos d'Acapulco lui demanda où il gîtait, il répondit : « Être propriétaire, c'est procéder de son vivant à son propre embaumement. Pour s'en convaincre, on n'a qu'à voir les banlieusards dont l'horizon se réduit au bungalow entouré de gazon. La chambre d'hôtel, le tout meublé, passe encore, à la limite une cabane de jardinier, une caravane dont la banquette arrière se transformerait en lit serait déjà du gros luxe ; une tente ou à la belle étoile, voilà ! à la belle étoile. Il fait partie de mon bonheur de n'être propriétaire de quoi que ce soit. »

Cette idée, d'ailleurs adaptée du *Gai Savoir* de Nietzsche, lui tenait lieu de béquille et le soutenait dans sa condition de migrant. Il pensait, comme Nietzsche, que le plus grand crime est de faire honte à quelqu'un et, « à quoi bon tout ce bruit puisque le monde est sans but, l'univers sans projet ; l'homme, une passion inutile. On ne doit s'engager à rien, tout n'est que dépense d'énergie irrécupérable. Mais quand même, quand même, il faut s'organiser pour vaincre notre langueur. »

Nous aurons beau multiplier références, témoignages, lettres, consulter archives, mémoires de contemporains, nous n'avancerons pas d'un iota dans le mystère Virgile car la vraie question — jamais posée par les amis de La Brûlerie, insaisissable avec leurs outils de travail et impossible à traiter par leurs méthodes — n'est pas de savoir quelle place a occupée Virgile dans son époque, mais bien pourquoi il a sauté hors de son époque. Peut-être existe-t-il un mal de l'immigration, comme il y a un mal de mer, un mal de l'air, un mal de montagne? Si nous, historiographes de cette vie, nous pouvions oublier un instant les prémisses théoriques selon lesquelles les êtres humains sont déterminés par la période historique, si nous étions prêts à admettre que nous ne sommes pas, d'un bout à l'autre de notre vie (ô constat combien angoissant!), la même personne, toute la question de Virgile serait du coup éclairée. Parce que, justement, l'homme que les habitués de La Brûlerie avaient fréquenté n'était pas un des leurs; il ne bandait ni ne contrebandait avec eux, ne partageait pas leur saoulerie, *in vino veritas*, ceci était leur sang et non le sien. J'insiste là-dessus, l'homme qu'ils avaient en face d'eux n'était pas un des leurs.

Virgile était d'une autre race. C'était un revenant, un fantôme, un cadavre embaumé. Il n'avait pas besoin de rêver au retour comme eux; il était déjà retourné. Il était le concierge des ruines. Il s'endormait à la fin d'une journée, et le lendemain, comme la veille, il effectuait les mêmes gestes, poursuivait le même rituel, étonné toutefois de voir tous ces gens autour de lui qui lui semblaient égarés dans des chemins étranges et des idées confuses. Entre Montréal et Virgile, il y avait eu incompatibilité existentielle. Cette longue histoire d'errance, de déchéance, bien que les nuances puissent varier à l'infini, restera toujours la rencontre d'un vécu, d'un présent, d'un élan éthique nouveau avec un passé bel et bien enterré, avec un trésor consumé et à jamais englouti. Il n'y a pas de déplacement sans enterrement préalable. Pour Virgile, cet enterrement n'avait jamais eu lieu. Tout au plus une légère chlamyde recouvrait les beautés de jadis, et un simple geste pouvait suffire à faire réapparaître les splendeurs d'antan. Pour moi, Jonas Lazard, c'est cela sa vérité.

Virgile avait pris toutes les précautions pour que son personnage reste dans le brouillard, à l'abri des explications, pour que personne ne vienne fleurir sa tombe. Quoique ce choix sans retour puisse faire penser que Virgile était en opposition ouverte avec sa communauté, il n'en était rien. Il a toujours été un Caraïbéen pur-sang. Sauf qu'il ne le proclamait pas. Ce trait de son être, il le dissimulait, le camouflait. Et quand il a craqué, cet aspect est remonté à la surface. Virgile sans doute était victime d'un passé qui ne passait pas. L'horrible s'était déjà produit dans sa vie. Ceux qui ont connu les camps de concentration disent que, pour évoquer Auschwitz, il faudrait non pas parler mais crier. Virgile n'a pas su crier. Chez lui, le cri était rentré; il n'avait pas compris qu'on ne peut lutter contre l'angoisse sans la regarder en face. S'il ne parlait plus du pays, c'était par peur d'en parler trop. Il n'a pas su trouver un modus vivendi entre l'héritage qu'on lui avait légué (pourtant, la mémoire est friable) et sa nouvelle condition de vie. Il n'a pas su trouver l'osmose, la symbiose heureuse entre ce qu'il avait été et ce qu'il était en train de devenir. Les copains de La Brûlerie protestent à grands cris chaque fois que je soutiens cette théorie. Pourtant…

Apparemment, Virgile se portait bien. Les exercices pédestres l'avaient maintenu en si bonne forme qu'il ne paraissait pas son âge, bien qu'il eût dépassé largement la cinquantaine. Y a-t-il un au-delà du corps, une énergie qui nous dépasse et peut-être nous survit? L'Amérique latine, en cette fin de siècle, brillait aux yeux des Caraïbéens que nous étions d'une lumière quasi exotique. Mais depuis déjà belle lurette, Virgile et moi nous ne nous faisions plus d'illusions ni sur la Révolution, ni sur les vertus rédemptrices du peuple. Par ailleurs, la logique entrepreneuriale des cow-boys du *global market* s'avérait contradictoire. D'un côté, contre ces derniers baptisés de Grand Satan, on voyait manifester les foules voilées des rues de Téhéran, d'Alger, de Damas ou de Beyrouth; de l'autre, les fonctionnaires du Pentagone étaient au mieux avec les magnats du pétrole. D'un côté, les fermiers de l'Oklahoma manifestaient (il est vrai, dans un registre moins dramatique) contre l'implantation d'une *whisky house*; de l'autre, ils attendaient avec impatience le jour prochain où ils mettraient la main sur Tchernobyl.

On nous avait volé jusqu'à l'espérance de l'avenir. Pendant longtemps, j'ai eu du respect pour cette foi des grands soirs enracinée dans un contact quotidien avec la langue du peuple. Mais là, assis à cette terrasse froide, je voyais les choses sous un jour différent. Au risque de me faire casser la gueule, j'ose dire que je me suis détourné de cette vision chimérique du peuple qui loge dans le crâne de quelques rêveurs, et là uniquement. Je suis devenu lâche, ou infiniment sage. J'avais toujours eu des doutes, mais ils se sont changés en certitude: ce combat n'est pas le mien, n'est plus le mien. On dit souvent que quitter son pays, c'est le trahir, de même que se lancer dans un si long voyage, c'est s'exposer et exposer les siens à une aventure périlleuse. En somme, le péril n'était pas si grand.

Je faisais l'amer constat qu'il n'y avait rien eu à abandonner, rien eu à trahir en partant puisque rien ne m'avait jamais appartenu ; que la corruption et la peur avaient détruit les valeurs les plus élémentaires ; que les mots ne voulaient plus rien dire tant ils ont été infestés de mensonges ; que l'espionnage et la dénonciation avaient miné jusqu'au cœur des familles. Faute de sens, faute de solidarité, faute de possible fraternité. Le pathétique lui-même était de trop. Je me suis mis à ricaner pour ne pas hurler. Et je me suis aperçu qu'il y avait une terrible justesse dans chacune de mes modulations. Aujourd'hui encore, sous ces paroles si précises, si cultivées, si classiquement impeccables qui étaient les miennes et qui curieusement ne m'appartenaient pas à part entière, il y a du désespoir et de la dérision. Le pathos et la colère envahissent tout.

Comment dire et en quelle langue ? Celle de ma mère ou celle de la mission universitaire et culturelle française ? Mes sentiments, bruts de coffrage, pour les exprimer, il me faudrait un interprète ; mais cet interprète ne dirait-il pas trop ou trop peu ? J'ai appris à parler et à écrire une langue qui est celle de gens que je ne connais pas. À ce jeu paradoxal toutefois, je ne perds pas vraiment : le passage d'une langue à l'autre m'offre une distance, un recul où réside le meilleur de mon originalité, une violence qui s'affûte encore d'être voilée d'ironie et civilisée. Avec quel vieux démon dans notre dos sommes-nous partis en voyage? Nous n'avions plus de patience, nous avions besoin de ciel, nous avions besoin de vent, de grand large, du soulèvement des vagues et de l'agitation de la mer.

Virgile a disparu, dit-on, dans une chambre du Royal Terrasse Hôtel, laissant sa place au souvenir mordant des jours passés à échanger des pensées abstraites sur des questions existentielles et culturelles qui le tourmentaient. Tant de fois, j'avais manifesté une fébrile inquiétude parce que Virgile tardait à apparaître sur le coup de cinq heures au tournant de la rue Jean-Brillant. Alors que tous s'étonnaient de son absence, il aurait été en face de nous, en face de La Brûlerie. Loana prétend que la veille du jour fatidique, dans la soirée, il lui avait dit : « Je vais faire un long voyage. Ne compte pas sur moi pour te souhaiter bonne fête cette année. » Avait-il eu son compte de déboires? En avait-il eu assez de respirer au bord du fleuve les émanations sulfureuses? Cet homme était hanté par des démons qui ne l'ont pas lâché comme le chacal ne lâche pas sa proie, qui l'ont rongé comme le cancer ronge un organisme, qui l'ont habité jusqu'à n'en plus pouvoir.

Au fond, croient les amis de La Brûlerie, Virgile était un perdant qui n'a pas su garder ce jeu de jambes, cet art de l'esquive et ce sens de la riposte qu'on voit dans les arènes de boxe et qui font les gagnants. Il faisait partie de la race des incompris qui, partout dans le monde, n'arrivent à trouver qu'un strapontin. Tout cela est vrai, mais masque l'essentiel. Comme le vrai gagnant aime gagner, le vrai perdant est celui qui aime perdre, trouvant une secrète volupté dans l'échec. Virgile avait assez perdu pour que le monde entier soit son propre labyrinthe. Jeté sur l'échiquier, sur une case au hasard, il semblait ne pas connaître les règles du jeu. Il semblait n'avoir pas compris que la vérité — puisqu'elle n'est jamais complète, ni toute nue — cache toujours quelque chose, même si, finalement, elle brille plus que n'importe quel mensonge réussi. Au jeu éphémère de la passion, il faut s'attendre à ce que vienne le temps de l'abandon.

VI

Voir le monde dans un grain de sable
Et le ciel dans une fleur sauvage

WILLIAM BLAKE

Fin août, la brume nimbe la coupole de l'oratoire
Saint-Joseph comme pour rappeler qu'elle n'est qu'un
voile transitoire et que ce sera bientôt l'hiver. Les
matins d'automne, la ville est enveloppée d'une épaisse
nuée dont elle se dégage lentement, au fur et à mesure
que la matinée avance. À grand-peine, selon les exi-
gences capricieuses de cette saison, le soleil conquiert
les escaliers célestes du sanctuaire tandis que les cheminées des immeubles aux alentours, tantôt asthma-
tiques, tantôt poitrinaires, toussent et crachent une
fumée blanchâtre qui monte en enfilades rejoindre les
nuages gris. La place où doivent se garer voitures et
autocars venant souvent de très loin disparaît sous une
nappe de brouillard. Leur colonne ajoute à l'agitation
de la circulation chaotique du chemin de la Reine-

Marie. Les autobus brinquebalent sur la chaussée inégale, s'arrêtent, se débarrassent de passagers emmitouflés, mal réveillés des vapeurs de la nuit, s'ébrouent, repartent. Tout en haut, à l'écart de l'agitation du monde, entouré d'une végétation de pins et d'érables, l'oratoire est baigné d'effluves d'encens. Seul le murmure des prières scande le temps.

Dave Folantrain, de sa démarche hésitante (il était affligé d'une légère claudication, mais c'était de l'intérieur qu'il boitait vraiment), grimpa une à une les marches conduisant au sanctuaire. Il avançait péniblement et finit par choisir une plateforme où il effectua une pause. Devant lui, le presbytère, à main droite, la mer infinie des toits sous le ciel gris et, par-delà, tout en dessous, la ville. Dave découvrit que d'en haut Montréal était une autre ville. Un étrange frémissement le parcourut. « Et si le bonheur était là-haut au milieu des soleils, le front caressé par des comètes ? À quoi bon être vivant pour en somme si peu ? À quoi bon avancer à coups de coude, le front inondé de sueur et de poussière, pendant des années, pour finalement mourir ? Vivre plusieurs et mourir seul, tout seul ! Ne peut-on demeurer plusieurs, continuer à accueillir en nous la diversité qui en vérité nous constitue ? Est-il possible de ne pas se nimber d'une particularité figée ? Qu'est-ce qui nous hante ? Mais qu'est-ce qui nous hante ? La pureté ? La folie ? Dieu ? » Il avait les larmes aux yeux et respirait lourdement.

Quand il parvint au plateau qui sert d'assise à l'oratoire, Dave, qui n'avait rien d'un pèlerin s'apprêtant à rencontrer son Seigneur, ressemblait pourtant à un pénitent. Chaussé de solides souliers de marche, vêtu de son éternel pantalon sport devenu beau à force d'être porté et d'un blouson de cuir au col béant, il avait le regard trouble et les lèvres incurvées en un demi-sourire triste. Pour avoir forcé sa patte trop courte à grimper ce nombre impressionnant de marches, Dave était épuisé. Dans un tel édifice, il ne devait pas manquer de chaises. Il chercha une entrée, qu'il trouva du côté gauche. Il franchit un portail, puis une porte à double battant. Il avait été surpris de se retrouver à l'intérieur. Comment faisait-on la visite du lieu? Fallait-il s'en tenir aux grands espaces, fouiller les recoins, chercher les passages secrets? Ou ne valait-il pas mieux s'accouder aux fenêtres, se pencher aux créneaux, plonger du dedans son regard vers le dehors, comme ces mauvais touristes, peu appréciés des guides, qui, en visitant le site, à l'entrée de chaque pièce, dédaignent les curiosités dûment signalées pour courir aux croisées et fixer leur attention sur les douves, le parc encore feuillu en cette saison de l'année, le chemin de la Reine-Marie où se croisent les autobus. C'est que ceux-là ne visitent pas: ils sont trop occupés à découvrir. Ils n'ont pas la prunelle vague des visiteurs dociles, mais l'œil agile, l'œil écarquillé. Dave Folantrain se laissa choir sur l'un des bancs de bois les plus proches.

En passant la porte de l'oratoire, il avait eu l'étrange sensation qu'il venait de franchir un pan de l'Invisible. Dans cette citadelle de la foi ouverte à la dévotion, la foule était impressionnante. Des vieilles férues de crucifix (de celles que l'on ridiculise en les surnommant punaises de sacristie, bigotes, dais d'église) trottinaient dans les allées, s'attardaient au confessionnal, récitaient, en guise de pénitence, des dizaines de chapelet. Une messe interminable déroulait ses épîtres et ses litanies à la chapelle latérale consacrée à une Vierge en larmes au pied de la Croix. Des fidèles communiaient, saluaient le tabernacle, multipliaient les génuflexions, revenaient sur leurs pas pour rendre hommage au frère André dont la crypte est placée tout au fond de la grande nef, près du maître-autel. Puis, ils redescendaient vers le parvis de l'oratoire, heureux, fermement persuadés que Dieu les avait pris en charge.

Combien de temps Dave resta-t-il assis sur ce banc, perdu dans ses pensées? Autour de lui, quelques dames achevaient leur cycle de prière, de vœux et de dévotions; d'autres femmes, de celles dont l'image flotte impalpable dans la tête des hommes, des filles à marier, des enjeux de trocs conjugaux lancés comme des graines dans le champ des adversaires pour s'y implanter, des femmes qui fonctionnent comme des pièges, des femmes d'âge mûr, tête inclinée et mains jointes… Entra en trombe un moine barbu qui traversa la nef. « Il est midi, on ferme, on ferme, dépêchez-vous… » dit-il en passant à côté de Dave. La soutane usée, les mains grossières proches de la peine et de la misère dénotaient un de ces hommes venus d'un monde où l'argent, les honneurs, les voluptés, bref tout ce qui n'était pas éternel, ne comptaient pas.

Le moine faisait office de sacristain. C'était un de ces êtres paysages, un de ces êtres grâce à qui le décor prend forme humaine. Son rôle, dans sa modestie, ne manquait pas de noblesse : ouvrir et fermer le portail, replacer les chaises, les bancs, remplacer les cierges consumés, n'apercevoir de la vraie vie que ce que les vitraux lui concédaient, recevoir la reconnaissance des pénitents, être témoin des événements heureux et malheureux de la vie, naissance, mariage, mort. En accomplissant ces tâches obscures, dans les ténèbres, il avait fini par rancir dans son sacerdoce. Ses vêtements malodorants avaient accumulé les odeurs de la cire froide et des fleurs fanées, et celles, suffocantes, de l'encens et de la myrrhe. On raconte que le jour de ses cinquante ans, il avait pris la résolution de ne plus se laver. Il adhérait au lieu, mais d'une adhérence qui allait au-delà d'une simple adhésion. Il était de ces êtres qui témoignent d'un lieu : Dave en avait déjà vu, parole de promeneur, dans les lupanars, à l'entrée des bars ; il les avait connus et reconnus sous leur casquette dans les gares, aux guichets des salles de cinéma ou de stades ; une part du lieu, la moins glorieuse, s'était déposée dans leur chair.

Aux femmes qui ne se décidaient pas à mettre un point final à leurs génuflexions, signes de croix et marmonnements, le moine assurait que le bon Dieu serait encore là demain et qu'il n'y avait nulle nécessité d'épuiser, aujourd'hui et séance tenante, leur stock de prières, leur réserve de chapelets et leur banque de neuvaines ; que l'Être suprême est susceptible et voit d'un mauvais œil les achalants. Il disait savoir d'expérience que prier, c'est se démettre : que la volonté d'un autre soit faite ! Et attendre. Nul besoin d'assourdir Dieu avec des actions de grâces. Des dizaines de *Notre Père* et d'*Ave* expédiés à toute vitesse ne feraient pas avancer leur cause. Le sacristain parlait d'un ton assuré, doctoral, de l'air de quelqu'un qui connaît le Seigneur dans la plus grande intimité. On sentait que cet homme avait derrière lui une vie de prières, ce qui impliquait une expérience ininterrompue du temps cosmique. Étant donné qu'il avait dû se plier à ces rythmes circulaires, en se distrayant de tout accident susceptible de les changer, le moine déjà vivait dans l'éternité. En un certain sens, il avait raison, le retour régulier, permanent des prières quotidiennes annihile chaque destin personnel, supprime à la limite toute conscience d'une croissance et d'un déclin. *Fugit, irreparabile tempus.*

En descendant de l'oratoire, Dave tomba en plein cœur d'une manifestation où des catholiques de toute obédience et des mécréants s'affrontaient. L'affaire tournait autour du droit à l'avortement. La foule était massée devant une clinique à l'angle de la Côte-de-Neiges et du chemin de la Reine-Marie. Un obstétricien ou un gynécologue ou les deux à la fois y pratiquait, trois fois par semaine, des avortements. La flopée était divisée en deux groupes : d'un côté, les pro-vie et, de l'autre, les pro-choix. Juché sur une estrade de fortune décorée d'une banderole géante sur laquelle on pouvait lire « S.O.S. GÉNOCIDE », un homme de taille moyenne, à l'allure banale, un de ces hommes qu'en général on ne remarque pas, muni d'un porte-voix, haranguait la foule : « En se débarrassant de leurs soutiens-gorge, en les jetant au feu, elles ont aussi brûlé l'institution sacro-sainte du mariage et dressé en même temps le lit du concubinage... » Dave prêta un peu plus attention au discours : « ... une simple formalité administrative, voilà à quoi elles veulent réduire les doux liens, les liens sacrés du mariage... » L'air était connu : on l'a chanté contre le vote des femmes, contre l'abolition de la peine de mort, contre la levée de l'apartheid en Afrique du Sud. « Tueuses de famille », criait une asperge desséchée à une boulotte rousse. Cela faisait un moment qu'elles se crêpaient le chignon : la boulotte arborait fièrement une pancarte où elle réclamait l'abolition du dernier symbole de l'aliénation, la grossesse non désirée.

L'homme au porte-voix déclara qu'il allait consacrer la provision de vie qui lui restait à combattre Satan, ses pompes et ses œuvres. Dave ne comprit jamais quel artifice de style il utilisa pour en venir à déplorer l'afflux de migrants au Québec. Avec force trémolos dans la voix, il adjura la foule de prendre toutes les mesures pour que ses petits-enfants ne se nomment pas Van, Nguyen, Fuchang, Fratrinelli, Roseus, Lansam Fouk. Dave sentit un instinct de meurtre l'envahir. Il s'écarta de la foule, comme à la télé on zappe pour échapper à une chaîne.

Dave prenait la mouche pour un oui ou pour un non. Il ne ratait pas une occasion de vitupérer contre la médiocrité. Tous les amis se souviennent de ce fameux jour où, aux Jeux olympiques de Montréal, un coureur venu du pays natal entra dans le stade, bon dernier, une demi-heure après le peloton, au pas de l'oie, effectuant un fulgurant sprint à l'hilarité générale des spectateurs. Rien de bien grave, mais Dave ne pardonna pas à ce marathonien (au nom oublié, retourné depuis dans l'anonymat d'où il n'aurait jamais dû sortir) de répondre au journaliste qui l'interviewait : « Qu'importe que je sois le dernier, l'essentiel est de participer. » Dave Folantrain aurait pu l'étriper s'il l'avait eu devant lui : « Quand cesseront-ils d'avilir leur patrie ? » Comment pouvait-il en être autrement ? Pour exceller, il faut une bonne dose de ténacité.

Quand Dave me raconta sa sale journée, les différentes scènes m'apparurent avec une netteté parfaite, comme si j'y avais assisté. Mais qu'est-ce que Dave était allé faire à l'oratoire ? Il plissa un front soucieux : depuis les dizaines d'années qu'il vivait à Montréal, il n'y avait jamais mis les pieds encore. Pour son livre à venir, cette expérience était essentielle. Écrire est une passion, une obsession dont l'assouvissement ne souffre aucun compromis ni aucune exception. Certes, elle s'exerce dans la solitude, mais aussi dans l'égarement, et il avouait avoir connu vraiment peu de choses qui puissent surpasser en richesse et en force la fièvre de la connaissance immédiate.

Dave broyait du noir, un visage de Pâques avant carême. Heureusement qu'il y avait le cirque ce soir-là. Depuis plusieurs jours, des banderoles annonçaient un spectacle qui, tel un élixir, serait capable de changer les idées les plus noires en une ivresse joyeuse. Dave avait rencontré Loana à la manifestation pro-vie/pro-choix. Elle viendrait nous rejoindre à La Brûlerie. Pour aller au cirque, les habitués de La Brûlerie seraient donc au grand complet. Il ne manquerait que Virgile.

Loana Hellebore ou Loana Volanges, du nom de son ex-mari, une amie d'enfance. Loana, une chabine tout en sveltesse, poudre d'ange dans un corps félin monté sur des talons aiguilles, toujours enveloppée d'un fourreau noir haut fendu dont le décolleté criminel du corsage, mettant en relief le buste généreux, laissait pantois. Elle pouvait débarquer, aussi bien à pied que d'une limousine, sans qu'on s'y attende, en trombe, à La Brûlerie. Elle s'asseyait à notre table, jambes écartées, jupe retroussée laissant paraître l'entre-deux cuisses. Elle parlait avec ivresse, comme elle buvait, dépassant la mesure. Elle parlait comme si elle rendait en paroles tout ce qu'elle buvait jusqu'à plus soif. Loana avait une façon particulière d'aspirer son espresso serré qu'elle prenait noir, en levant ostensiblement le petit doigt dont l'ongle, long, trop long, était couvert de paillettes dorées. Quand elle déposait sa tasse, son rouge y avait redessiné ses lèvres sur le rebord blanc. Mais ce qui la caractérisait le plus, c'étaient les épais sourcils qui se rejoignaient naturellement. Le khôl en accentuait et métamorphosait l'arc noir qui surplombait une paire d'yeux dont on se souvenait longtemps après que leur propriétaire eut disparu. Deux yeux couleur de tombée de la nuit, quand la nuit, en automne, hésite à tomber tôt; deux yeux couleur de brumes cendrées, dévoilant un regard limpide d'Ophélie, un regard vaporeux.

Si, à cinquante ans et des poussières, elle avait encore l'air d'une toute jeune femme, c'était sans doute parce qu'elle avait commencé à vivre tard. Recluse, cloîtrée même par des parents austères, rigides, dévots, elle avait encore l'âge où l'on joue à la marelle, où l'on s'exerce à lancer des cailloux jusqu'au ciel, qu'elle songeait déjà à partir. Fille tardive d'un père âgé, elle a été fatalement protégée, entourée d'une smala, des tantes et des cousines en vêtements de deuil largement anticipé, comme il est d'usage dans ce pays souvent ravagé par les tempêtes, les cyclones et les naufrages. Une obscure légende familiale raconte qu'étaient conservés au grenier, dans le faîtaille de la maison, les squelettes des hommes que ces femmes avaient aimés. La mort accidentelle de sa mère vint délivrer Loana et, heureuse, libérée, elle prit l'avion pour Montréal.

Là, elle avait essayé tout ce que la vie pouvait offrir. Au début, elle a fait la poule dans un bar, depuis disparu, de la rue Sainte-Catherine, le Copacabana. Elle a dansé nue sur un podium où un marchand de chair l'avait placée, chaque jour, du crépuscule jusqu'au petit matin. Elle en connaît des regards d'hommes, des voraces, des dégueulasses, des qui-hésitent, des qui-bandent-mou. « Au début, ces regards me pesaient ; alors, je pensais à la musique… » Deux ans plus tard, elle connut Henri Volanges, un homme qui avait le double de son âge, vieux garçon blanchi sous le harnais. Elle raconte souvent comment elle avait séduit et déniaisé ce provincial, petit professeur d'histoire de banlieue. Il lui fit un enfant qu'elle expédia chez sa belle-mère en Gaspésie, et en moins de temps qu'il n'en faut pour le dire, le couple passa des mots obscènes aux papiers timbrés, leur destin confié aux mains expertes des avocats.

Depuis, elle brûlait sa vie comme on brûle punaises de cabane et herbes folles, en migration intérieure perpétuelle, un va-et-vient incessant, les cheveux un jour violets, le lendemain roux, un jour coiffés à l'afro, le lendemain avec des tresses en queue de rat. Elle eut même un temps le crâne rasé. Elle changeait de visage, se métamorphosait, prix à payer pour garder une jeunesse éternelle. Elle vivait dans l'éphémère, le volatil, le précaire. Loana, une lune sombre et errante, satellite d'un soleil planétaire. Des fois, elle disait qu'elle n'était d'aucun endroit, qu'elle n'avait pas de passé ni d'avenir, qu'elle appartenait à un présent absolu, un cercle étrange dont le centre est partout et la circonférence nulle part. « À moins que ce ne soit le contraire... » soupirait-elle.

Nous l'appelions la Marquise. Cette femme manquait de timidité, non d'audace ; elle avait l'intelligence irrespectueuse et affranchie que l'on constate souvent chez les personnes de cette génération, les premières filles qui aient connu l'école mixte, ces héritières du troisième sexe. Oiseau rare, majesté lunaire élevée chez les sœurs de Lalue avec autant de soin qu'une orchidée tropicale, elle préférait, toute petite déjà, à la chasse la prise. Aussi, elle ne pouvait supporter la posture de l'attente, la moindre attente. Comme si, pour elle, il n'y avait pas un seul destin mais bien plutôt une profuse quantité de destins possibles. Le vertige des possibles lui semblait être l'apanage de ceux qui choisissent le chemin plutôt que la racine.

Quand elle parlait du pays, c'était comme si on avait mis un disque de Gardel sur le phonographe : des rues de feu, des images d'un temps, hors du temps, dévalaient sur un paysage de rochers chauves, à perte de vue, un monde enténébré, comme les vagues d'une mer pétrifiée. « J'ai troqué la maison familiale contre le vaste monde ; j'ai quitté ma ville natale, j'ai donné dos à mon pays, j'ai choisi l'exil. » En disant cela, elle ressemblait à ces cerfs-volants qui ne deviennent vivants qu'une fois débarrassés de leurs chaînes terrestres, qui tirent leur dynamisme du vide. « J'ai donné dos au pays et je le retrouve hors sol, décalé dans l'espace et le temps. Je retrouve des compatriotes cristallisés, vous voyez ce que je veux dire, des patriotes qui le sont de façon con. Vous êtes patriotes de façon têtue, obstinée, nostalgique. Peut-être êtes-vous patriotes de ne pas vivre au pays. »

Cette parole de déracinée venait d'un fond instable, certes, mais surtout elle traduisait tout ce que Loana avait redouté et que trahissait son langage cru. Elle n'avait pas eu envie de vivre dans le désert d'une société qui croule sous ses propres déchets, gaspille tout et méprise ceux qui n'ont rien : les cassés, les maculés, ignorés parce qu'appartenant au règne de l'abject, les repoussés parce que malodorants, visqueux, sales, les abandonnés qu'on a condamnés à la décomposition, à la fermentation et à la mort. Elle avait voulu laisser pour toujours la poussière des sentiers de gravier qui tache les genoux et noircit les talons, les maisons au toit de tôle, les planchers aux lattes disjointes, véritables nids à cafards. Elle n'avait pas eu envie de vivre dans une société où elle savait que tôt ou tard il lui faudrait affronter l'esprit étroit du milieu et particulièrement celui de la très redoutable belle-mère qui lui ferait toute la vie le reproche de lui avoir volé son fils, sans parler de celui du beau-père qui veillerait à la sauvegarde de sa réputation, soupçonnant même les cailloux du torrent. Elle a donc attendu l'écoulement des ans, avec leurs crises, leurs guerres entre civils et leurs campagnes présidentielles ; elle a guetté le temps propice pour battre des ailes. En débarquant à Montréal au début des années soixante, elle savait de façon consciente ce qu'elle avait quitté et ce qu'elle voulait : jouir librement de sa sexualité à l'ombre des gratte-ciel de verre et d'acier, en respirant de l'air frais.

Du temps où elle était danseuse, elle avait échangé quelques caresses et baisers avec des femmes, mais cet épisode n'avait pas laissé de traces chez elle. Bien installée dans son hétérosexualité, elle n'avait pas beaucoup de sympathie pour le féminisme militant et acrimonieux, souvent associé à une certaine apologie du lesbianisme. « Ce n'est pas mon bag ; je préfère une bite à un con, ou si ce langage vous offusque, messieurs, pour utiliser une expression plus châtiée, entre le phallus et la vulve, mon choix est net et clair. » Elle a été pendant une courte période assistante d'un dentiste : elle passait son temps à voir réparer des molaires avec des gestes minutieux d'horloger, à cohabiter, non sans un certain dégoût, avec des incisives et des canines, à dire « Rincez-vous la bouche ». Un beau matin, elle ne le supporta plus et s'en alla, en paix avec elle-même, sans inquiétude des lendemains, sans remords, sans état d'âme. Elle fit, comme tout bon immigrant, sa petite crise, sans conséquence, de rejet du Québec : « Qu'est-ce que c'est que cette société qui pratique l'incinération, qui détruit le corps, privant les générations futures de la parole des morts ? Qu'est-ce que c'est que cette société qui a peur de tout ce qui est différent, qui ne trouve sa sécurité que dans le connu, le prévisible ? Qu'est-ce que c'est que cette société dont la vie s'organise autour d'un manque ? »

Je la connaissais bien. Elle et moi habitions au pays le même quartier. L'histoire de sa vie à Montréal ne m'avait que peu surpris. Elle avait laissé, dans mon souvenir d'adolescent témoin de ses fugues et de ses premières étreintes amoureuses, l'image d'une fille délurée. Elle m'avait initié à la liturgie de l'amour profane, aux évangiles païens dont celui des cent positions aux noms absolument exotiques — épluchette de noix de coco, bœuf à l'abattoir… — et à tout un catéchisme qui apprenait comment réaliser un somptueux soixante-neuf. Le bruit courut au pays qu'elle était partie parce qu'une de ses tantes l'avait surprise alors qu'elle soulevait sa jupe jusqu'à la taille pour sortir de sa petite culotte une liasse de billets de banque. Le directeur du lycée les lui aurait donnés pour goûter à sa chatte. Elle était partie en laissant tout derrière elle. Un tout qui n'était pas grand-chose, une famille avec laquelle elle s'entendait mal, des cousines sans visage et sans nom, une langue maternelle et des souvenirs d'êtres et d'objets qui avaient traversé sa vie. Il ne l'avait plus revue.

À Montréal, j'appris que, au lieu de poursuivre des études à l'Université, Loana avait pratiqué le plus vieux métier du monde. Elle habitait maintenant un luxueux appartement dans un immeuble de grand standing, le Rock Hill, cadeau d'un ex-ministre dont elle avait été la maîtresse, et vivait d'une grasse pension alimentaire que lui avait obtenue, lors de son divorce, son avocat d'amant. Elle venait souvent au café rencontrer Virgile, cet ami d'enfance retrouvé dont la présence assidue lui avait permis de supporter si longtemps sa couille molle de mari. Elle nourrissait pour Virgile une grande affection qui meublait la solitude d'une vie reposant sur le vide, le creux, le rien.

Errance, absence, fuite, départ, amour en trompe-l'œil, c'était comme si le réel lui échappait, à elle aussi, par tous les bouts, comme si la vie, cette drôle d'histoire qu'a été sa vie, était moins gouvernée par sa volonté, par le jeu complexe de ses caprices, de ses désirs et de ses passions, que par le jeu aléatoire des rencontres, la mécanique des habitudes, la circulation inattendue des humeurs. Au café, elle apportait un air d'élégance, sa jovialité, sa liberté de langage.

Le docteur Barzac arriva vers quatre heures au café. Il voulait se sustenter un peu avant d'aller au cirque. Il commença, selon ses habitudes, par donner des nouvelles du pays : « J'envoie à ma sœur des paquets de vêtements et des enveloppes contenant de l'argent. Non parce qu'elle en a besoin, mais je crois qu'il est bon de savoir que quelqu'un pense encore à nous. Bien entendu, elle n'a jamais reçu le moindre colis. Ils se trimballent entre une dizaine d'intermédiaires, se perdent, et ni argent ni vêtements n'arrivent jusqu'à elle. Surtout depuis l'apparition de cette nouvelle race de vautours qu'on appelle les grands mangeurs. Très malins comme on le sait, ils ont plus d'un tour dans leur sac et sont prêts à tout pour arriver à leurs fins. Étant donné qu'ils remplissent des fonctions importantes aux abords du palais, souvent celle de chien de garde à cause de leur coup de patte facile et efficace, personne n'ose protester et il est recommandé de se tenir à distance raisonnable de ces animaux plutôt impatients. »

La Marquise nous rejoignit au moment où nous entamions un autre chapitre. La plupart du temps, nos conversations tournaient autour du pays natal, des cuisses hospitalières des femmes, de la Coupe du monde de football, des exploits du Racing Club contre l'Aigle Noir, de l'amnésie de Dieu, du tumulte des espaces infinis, du vide qui est tellement plein qu'on s'étonne de ne voir que du vide. Ce jour-là, le docteur se mêlait de stratégies et de tactiques politiques. Il avait apporté les petits journaux de l'émigration publiés à

New York et à Miami. Il commenta les nouvelles du pays, se plaça en arbitre des polémiques, des controverses entre factions d'émigrés; il savait comment on devrait s'y prendre pour changer les règles du jeu au pays : « Il faut palestiniser la question nationale. » Que voulait-il dire exactement? La réponse tomba, aussi sibylline. « Quand on saute dans le vide, il ne faut pas être attaché à un élastique : tel un pantin désarticulé, il vous ramène au point de départ… » Il inspira profondément : « Les retours sont plus éprouvants que les départs. »

La Marquise éclata de rire mais s'arrêta net devant la mine froissée du docteur, qui lui fit un cours sur son antipatriotisme. « Une patrie, c'est d'abord le sol, répliqua Loana. Lorsque le sol vous est ravi, ne peut-on se donner un territoire artificiel? »

Le docteur plongea le nez dans son journal, scruta minutieusement la liste des décès et nous annonça qu'il était mort, ce savant méconnu, engagé comme balayeur à la NASA, qui, prétendait notre communauté avec son sens inné de la mesure, avait contribué à résoudre une équation jusque-là insoluble. Loana n'en avait jamais entendu parler. Le docteur se fit un devoir de mettre au courant cette pseudo-Haïtienne : « Des feuilles froissées avaient été négligemment jetées à la poubelle par un des chercheurs qui ne parvenaient pas à trouver la solution à un problème aigu. Notre génie national, oubliant qu'il avait été engagé pour la maintenance, s'était mis à la tâche et en avait laissé la solution sur la table de travail du chercheur. Il venait de résoudre — rien d'autre ! — l'équation qui devait permettre d'envoyer la première fusée vers la Lune. »

Notre histoire est un cauchemar dont il faudra bien, un de ces quatre matins, nous éveiller. Une seule question : comment nous y prendre ? Face à cette logique mortifère du déracinement qui écrase les individualités, arase les singularités, traque les exceptions, étouffe la pensée et trouve une jouissance morbide à transformer des colonies humaines en un vaste théâtre d'ombres, quelle force de résistance opposer ? Cette question n'est pas nouvelle. Depuis 1960, on se l'est maintes et maintes fois posée sans pouvoir y répondre. Le temps a passé, nos illusions auraient dû le suivre, flamber aussi comme des feux de Bengale.

Virgile était convaincu qu'il nous manquait l'essentiel : une clef. Et le livre qui nous permettrait de la découvrir était tenu caché, ou du moins nous n'avions eu accès qu'à des versions tronquées. Les exemplaires que nous avions eus à notre disposition ne comprenaient pas ce chapitre. Nous circulions parmi des dizaines de codes qui paraissaient extrêmement ingénieux, que nous ne savions comment appliquer. C'est ce qui expliquait que nous soyons sans cesse déphasés. Il le criait même à tue-tête, car il s'était aperçu que les pays traversés formaient les arcanes d'un labyrinthe dont il n'avait jamais trouvé l'issue. « À ce monde énigmatique, c'est par énigmes qu'il convient de répondre, ou alors il faut renoncer à notre solitude seigneuriale au profit de déguisements humiliants et cohabiter, travestis, avec la multitude blanche. » Quand il nous parlait ainsi, on avait l'impression qu'il ouvrait une boîte de Pandore d'où sortaient pêle-mêle des ruines antiques, l'épître aux Corinthiens, des ouvrages d'architecture arabe, le Talmud de Jérusalem.

On entendait déjà les roulements de tambours précédant les majorettes quand Jacques Pélissier, bon dernier, fit son apparition au bras d'une blonde incendiaire. Même si on le voyait toujours en compagnie de femmes spectaculaires, superbement mises, qu'on soupçonnait d'être des croqueuses de diamants (bien que, face à ses infidélités, elles jouassent la comédie des larmes et des mères affligées, endeuillées), même s'il fréquentait d'aguichantes bacchantes et passait des nuits romaines, sacrifiant à des rites orphiques, bachiques et dionysiaques, Jacques Pélissier était un homme hypersensible et seul. On se souvient encore de la fois où, en larmes, il nous annonça la mort de son chien. L'été avait commencé par des crachins tragiques en matinée pour retrouver des après-midi d'améthyste et des débuts de soirée de folles brises ; les habitués du café boudaient la terrasse et se réunissaient autour du bar où ils avalaient scotchs et cocktails. Il y avait dans la voix de Pélissier un accent de vénération quand il parlait de son chien. Staline, c'était ce chien couleur de cendre avec une lune blanche au milieu du front et une ribambelle de grelots au cou.

Quelqu'un avait répliqué : « Rien n'est plus facile à résoudre que la mort d'un chien. On en achète un autre. » Jacques Pélissier manqua défaillir. Staline n'était pas un chien comme tous les autres. « C'est pire que de perdre une femme. » Et il déclara, guettant du coin de l'œil la réaction de l'assistance : « Staline aura une sépulture digne de lui. » Nous dûmes accompagner Staline à sa dernière demeure avec fleurs et couronnes. C'était un vendredi, les mouettes blanches survolaient la ville en longs ébats circulaires répandant sur les toits et sur l'asphalte et sur les voitures et sur les passants une fiente blanchâtre, nauséabonde.

Jacques Pélissier nous fit remarquer que nous allions être en retard au spectacle si nous ne nous déplacions pas immédiatement. Mais il fallait encore patienter.

Batteries de tambours, musique tonitruante, airs plus ou moins martiaux, la parade qui devait précéder les jeux du cirque approchait. On voyait déjà voltiger les bâtons. Jupette blanche plissée ultracourte dénudant leurs cuisses, buste serré dans la veste militaire à brandebourgs et épaulettes dorés, coiffées du shako à plumet et chaussées de bottes blanches, les majorettes défilaient. Quel paradoxe entre ces corps nubiles offerts de façon si provocante au regard de tous et l'attitude stricte de ces jeunes filles qui ne tolérait aucun débordement ! Le style vestimentaire et la musique guindée, bien que le rythme soit enlevant, obligeaient à se centrer sur le spectacle et détournaient de la sexualité. On était vraiment loin des Folies-Bergère. S'adaptant à la musique, la gestuelle se faisait souple, les mouvements coulés et la chorégraphie traditionnelle, prude même.

Les majorettes passées, le café se vida. Les clients

avaient rendez-vous sur la grande esplanade de l'Université que domine l'École polytechnique. Vent d'ouest. De minuscules nuages blancs glissaient sur la coupole de l'oratoire. Le ciel pointait au-dessus des rideaux de peupliers, de pins et d'érables qui dissimulent le cimetière. Tout un capharnaüm s'était installé à la lisière de l'espace de repos. Il était dix-neuf heures, dieux et humains pouvaient entrer dans l'arène.

La porte par laquelle le public était invité à pénétrer sous le vaste chapiteau comme dans le ventre d'une baleine a la forme d'un vagin épanoui. En la franchissant, on découvrait un monde labyrinthique où voisinaient bar, casse-croûte, salle d'exposition et de vente d'objets hétéroclites : animaux en peluche, voitures de course, avions miniaturisés, cigares, vêtements exotiques, marionnettes, fusils… Sur les murs, des écrans géants projetaient en permanence l'image d'une Greta Garbo en dessous affriolants.

Dans la pénombre du plafond, un ange bleu plane ; non, à mieux y regarder, on aperçoit une Vierge à l'enfant cachant un diable effrayé par un paysage de poupées cassées, écrabouillées, sous l'œil indifférent d'hommes aux attributs révélateurs. « Par ici, mesdames et messieurs ! Le spectacle va commencer. »

Un cri rauque de guitare électrique suivi du chœur sonore de la troupe réunie. Un ange S.D.F. des plus casse-gueule nous prend sous son aile, pour nous faire rencontrer une Cendrillon chevauchant un balai de sorcière, un épouvantail de jongleur, un chambouleur de diva, une danseuse de corde prodigue de grands écarts, des ombres qui s'embrassent pour mieux s'évanouir, une contrebasse en lévitation : deux femmes en costume lamé or. Un pont roulant permet de jouer sur plusieurs niveaux. Arrivent, dans un tourbillon apocalyptique, une dizaine de personnages jouant avec des chaises, les faisant virevolter, les lançant dans les airs, les rattrapant, les entassant. Des pyramides humaines se font, se défont, simulent des conciliabules, des voltiges dans une myriade de feux de Bengale éparpillant en tous sens une armée d'étoiles bleues, rouges, jaune safran. Un Pierrot, collerette de dentelle blanche, stetson de feutre noir, visage sombre éclairé par un sourire blanc béat, bat la mesure du vacarme musical accompagnant la frénésie. Tout un tintamarre de cornets, de clochettes, de trompettes, de sonnailles, de cris, de hurlements. Des images idylliques célèbrent la vie qui recommence au Nouveau Monde et clament le bonheur d'avoir quitté l'enfer. Les corps s'élancent et tournent, se cabrent, se chevauchent, défiant les lois de la gravité et les contraintes humaines.

Les numéros s'enchaînent sur une trame à l'inventivité constante où la partie n'est jamais séparée du tout, où la dérision l'emporte toujours sur le sérieux. Nostalgie du paradis perdu, voilà une tour qui laisse retomber des cascades de feux multicolores. Lorsqu'elles se dispersent, on voit un acrobate qui danse dans les airs, entouré de fleurs sphériques. À dix mètres du sol, il se contorsionne au milieu de flammes qui crépitent. Le voilà sur un vélo : le chemin du vélo est tracé par des lignes circulaires que les roues mordent. Les lignes se courbent sous le poids de l'engin et la scène se transforme en numéro d'acrobatie, l'artiste, funambule équilibriste flottant dans les airs.

Les tableaux se succèdent à une cadence effrénée, suggérant des moments de grande tension. Quelle est cette terre que ces êtres difformes foulent de leurs pieds, au rythme d'un galop ? Quelle est cette nuit d'or qui les enveloppe jusqu'à les rendre fous ? Quels sont ces chants qui les appellent comme le souvenir d'une vieille tristesse ? Le spectacle sans fil conducteur immédiatement saisissable déroute autant qu'il fascine. Regard sur les bas-fonds, sur une maison de rendez-vous : des jambes de femmes s'entremêlent, une étreinte dévoile, dans l'ombre chinoise des projecteurs rougissants, l'image érotique de deux ardentes trapézistes, zeste d'une homosexualité inavouable, travestie. Une métaphore de saints Sébastien suppliciés réalisée par un formidable trio d'acrobates à la bascule ; ils se jettent dans le vide, éblouissants jusque dans la façon de retomber au sol (abandonnés, muscles tendus) et de reprendre immédiatement une prouesse de jonglerie.

Carnaval, rite, cavalcade, offrande primitive, chant, danse, théâtre d'ombres, le cirque amalgame les genres artistiques. Le décor presque élémentaire devient sous les jeux de lumière une magnifique boîte à magie. Le feu embrase des planches mal équarries, une lune d'argent illumine la nuit. Chaque personnage est humain et animal : un pierrot-autruche, un arlequin-antilope, un amoureux-porc-épic, un rival-cheval, une colombine-morse. À chaque instant, ils étonnent. Souvent, ils émeuvent. Parfois, ils bouleversent sans que l'on puisse dire pourquoi. « Qu'est-ce que c'est que ce cirque ? » fulmine Pélissier en circassien averti.

Quoiqu'un peu ahuri, le public applaudit, mais déjà il est emporté par une voltige de volants sur des chairs éclatantes et abandonnées de femmes moulées dans des robes palanquées, pailletées d'or, juchées sur des semelles en échasse. Envol, vertige, virtuosité. Accroché dans les airs à une voiture jaune, un démiurge en redingote noire gigote ; une chauve-souris au rictus cireux, de sa massue, menace un pierrot livide : duel, corps à corps, affrontement, encerclement, bastonnade. Puis c'est le silence ; le spectateur retient son souffle. Arrivent sur la scène vide des porteurs qui déposent au centre une pièce montée ; une fille, qui ne doit pas avoir plus de quinze ans, en sort. Elle semble nue sous la crème dont elle est nappée. Comme par magie, jongleurs, nez de clowns, acrobates, contorsionnistes, trapézistes surgissent, se précipitent sur elle, la touchent, la caressent, l'embrassent, la pourlèchent. La tête chercheuse du désir sans limite. Le public, bouche bée, reste suspendu à son plaisir.

« C'est beau, c'est effrayant ! » s'exclame Dionysos d'Acapulco. C'est une de ses expressions favorites. « C'est beau, c'est écœurant comme c'est beau ! » Le docteur surenchérit : « Beau jusqu'à l'incandescence. Le public ne s'est pas trompé ; voyez comme il est venu en rangs serrés assister à cette kermesse médiévale paillarde et lubrique. »

« Qui peut me dire de quoi ce spectacle éblouissant, j'en conviens, serait-il la métaphore ? » interroge Jacques Pélissier, d'un ton sentencieux. Décidément, ce soir, Dionysos d'Acapulco est inspiré. « Dans cette troupe, ils sont une vingtaine réunis autour d'un metteur en scène ; des demandeurs d'asile, installés depuis peu au Canada. En brebis galeuses, ils ont naguère sillonné les routes de l'Europe. Ils habitent maintenant Rosemont. Là, personne ne viendra tirer la nuit sur la caravane ou leur jeter des pierres. Mais ce n'est quand même pas facile pour eux. Quel beau paradoxe ! Nous faisons volontiers l'éloge de la mondialisation, nous célébrons *ad nauseam* la levée des frontières, nous appelons de tous nos vœux l'espace ouvert, le mélange des cultures, l'air du grand large ; cependant, nous sommes incommodés par ces gens du voyage, ces hommes sans feu ni lieu. Ils nous attendrissent mais de loin. Lorsque arrivent les représentants de cet exotisme familier, le ronchonnement du terroir reprend le dessus, quand ce n'est pas la franche et grossière xénophobie : on ne retient — et c'est là la source des frictions — que le bruit, l'exubérance, les odeurs, la turbulence des familles nombreuses. Parler d'immigration soulève encore des tabous dans ce pays. Pourtant, le vieillissement et la dénatalité sont des réalités bien tangibles, une nécessité triviale qui pourraient bien obliger les plus bornés des xénophobes à revoir leurs vues sur l'immigration puisque, dans peu de temps, chacun de nous aura besoin de quelqu'un de valide pour pousser son fauteuil roulant. »

Le groupe au complet se retrouva au Café Campus. Pélissier s'était découvert une vocation de joueur de banjo et de chanteur de charme. « Sans la musique, la vie serait une erreur », se plaisait-il à répéter. À l'heure de la pause du D.J., vers minuit, il prenait la relève avec Dave. Les deux compères avaient ressorti leur répertoire des années caraïbes, lorsqu'ils chantaient l'été en vacances. « Tu es belle comme un lys / Nous ne voudrions pas que tu te fanes. » Sur les lèvres de ce nègre de Pélissier si nègre, les femmes sont des lys.

La Marquise, Vénus impudique, fumait en croisant haut les jambes. Diogène lui racontait une mésaventure survenue peu après la mort de Virgile. Elle se bidonnait. « Vous riez, Loana, mais ce n'est pas drôle. Ces messieurs se prétendent pourtant rationnels, matérialistes. C'était un de ces jours où, au café, ils portaient l'art du bavardage au point où il n'était plus possible d'en dire plus. Non pas parce qu'il ne leur était pas possible d'en dire plus, mais parce qu'ils avaient pris conscience que soudain ils n'étaient face à rien. Ou plutôt l'ironie, l'humour, ces formes insoupçonnées de détresse lucide, leur avaient fait comprendre que tout en étant attaché au pays natal, ils n'y étaient déjà plus. » J'intervins pour stopper les propos malencontreux de Dionysos. Le docteur Barzac ne semblait pas les apprécier. « Nous sommes des bavards, tu le sais, Loana, mais notre bavardage n'est pas l'expression d'un propos futile ; il est une parole qui se complaît dans la répétition d'elle-même pour échapper à son néant. Nous bavardons pour feindre de n'être pas morts, ou plutôt nous voulons échapper à la mort par la parole, ressemblant en cela à ces chevaliers errants qui dormaient sur leur cheval, appuyés sur leurs lances et leurs étriers, ne sachant plus ni leur nom ni leur destination. Nous sommes mus par un vent d'arrière-cour qui tantôt nous pousse vers le vide, tantôt nous immobilise, figés, avec sur nos lèvres le rictus de la mort. »

Dionysos me jeta un regard amusé, ironique, et il reprit son récit. « Nous étions donc installés à la terrasse de La Brûlerie, nos silhouettes en ombres chinoises se découpant sur un mur baigné des lueurs d'un crépuscule violet et rose. Le docteur Barzac nous faisait un grand discours sur la sérénité que procure l'arrivée de la cinquantaine. Nous suivions en l'interrompant souvent, ce qui l'énervait assez, son raisonnement farfelu sur la — croyez-moi, Loana, je répète mot pour mot — sensualité qui naît de la finesse des fentes et autres découpes, sortes de lacérations brisant l'austérité de la monochromie qui se révèlent, au gré d'un geste, dans toute leur candeur et dans leur éclat marmoréen. C'est alors que nous vîmes arriver un homme qui tâtonnait dans la nuit. Il portait sur lui tout ce qu'il avait dû entasser, pêle-mêle, au cours de sa vie : sur le dos, un gros baluchon de toile cirée noire accroché à un bâton ; autour du cou, un collier de verroterie ; noué à son ceinturon, un couteau à manche nacrée ; une vieille montre à gousset pendait à la poche de son veston. Tout un petit musée hétéroclite de l'aventure, de l'errance, du déracinement.

« Le joyau, il le tenait de ses deux mains réunies en

conque : un énorme coquillage dans lequel visiblement il s'apprêtait à souffler quand son pied droit heurta le caniveau. Il s'étala de tout son long. Les clients de la terrasse éclatèrent de rire à l'unisson. Yeux écarquillés, ils osaient à peine respirer, croyant reconnaître la silhouette de Virgile. L'homme se releva, ramassa son barda et se remit à tâtonner. "Apprendre à marcher, à danser, c'est s'écarter des chemins balisés et rectifier sa démarche pataude, se faire léger en dépit de la lourdeur du monde, savoir respirer pour soigner son souffle. Il en faut du souffle pour lever alternativement le pied droit et le pied gauche", marmonnait-il dans la pénombre. Des mots qui résonnaient comme un glas. L'homme continua à tâtonner, vacilla en s'éloignant, se remit en équilibre et, malgré son affolement apparent, ne laissa pas échapper son paquet de toile cirée. Son manteau qui paraissait démesurément grand projetait sur l'asphalte une ombre suggérant l'image d'un grand oiseau pris au piège. Il disparut au tournant de la station-service. »

Loana, en écoutant cette histoire, affectait de s'amuser mais, derrière son rire, je sentais poindre une infinie tristesse. Elle connaissait bien Virgile. « Il ne vivait que l'après-midi et la nuit. Au début de son séjour ici, il y eut de rudes matinées actives, des bousculades et des hâtes, des rendez-vous matinaux, des autobus qu'il ne devait pas rater, à la recherche d'un emploi, mais on lui disait toujours qu'il était soit trop qualifié, soit pas assez. Toutes les fois qu'il était possible, il aimait rester par une calme matinée allongé ou assis dans son lit, à lire, à écouter de la musique à la radio, de la musique de variétés, en particulier des chansonnettes. »

Elle me raconta ce que nul n'avait soupçonné. Quand Virgile finit par décrocher un job de concierge, il ne présumait pas un seul instant l'emploi du temps qui l'attendait. Il croyait être gardien d'immeuble — pour rien — commandant aux chats qui gambadaient après les écureuils, tondant le gazon ; il s'était trompé. Et Loana m'énuméra tous ces petits riens qui, réunis, constituaient une lourde tâche. Il faut chaque jour laver les vitres de la porte d'entrée, les murs du vestibule, secouer le paillasson, surveiller, lundi et jeudi, le passage du camion de la voirie, traîner jusqu'au trottoir les poubelles ; faire disparaître les liquides sirupeux qui s'échappent des sacs en plastique avant qu'ils ne se mettent à puer, à sécher et à noircir ; s'assurer que les bacs sont bien placés sous le vide-ordures afin d'éviter l'étalement dans la cave des restes en décomposition.

À sa grande surprise, ces gestes quotidiens que Virgile pensait détester lui étaient devenus familiers, essentiels même. Surtout, ils étaient autant de preuves, à la fois infimes et infinies, d'un espace de liberté et d'un enracinement dans le temps. Il arrivait à les définir poétiquement et philosophiquement : une façon selon lui de toucher la Grâce et la lumière sous la désagrégation de la matière. Balayer la chiure des animaux, ratisser les feuilles des arbres plantés, arracher jusqu'à la racine ceux qui ont poussé sauvages, nourrir les pigeons et ramasser leurs fientes, laver les vitres et empêcher que la buée ne les ternisse et recommencer le manège, tel était cet emploi du temps qui tue le temps, chaque jour dont Dieu accouche. Cela valait mieux que de retourner là-bas. Pour sa part, il avait fait son deuil du retour. Il avait même chanté un requiem somptueux à la mémoire de ce pays autrefois debout sur l'océan du temps et aujourd'hui réduit à la gloire d'un passé empoussiéré. Il vivait ainsi dans une retraite dépourvue d'aubes agitées, dans une solitude de la pudeur.

Il s'organisait des retraites dans sa demeure à l'abri des importuns. Tout cela parce qu'il ne supportait pas d'être incommodé par la pitié des autres. Il se protégeait, s'esquivait, se cachait sous la paille comme il aimait dire quand on lui demandait de ses nouvelles, fuyant les questions indiscrètes, les vacarmes vides, les conversations futiles. Pourtant, il avait tant de choses à dire que des milliers de pages d'une autobiographie en plusieurs volumes n'auraient pas suffi à l'alléger. Il y avait plus de passé en lui qu'en n'importe lequel d'entre nous, un passé qui proliférait en tous sens. Jamais il n'avait vraiment ouvert les sept tiroirs de sa vie, ce meuble à secrets, ce cabinet d'ivoire et d'ébène, sept compartiments de bois, sépultures pour autant de confessions indicibles; une vie remplie avec ses vénéneux fonds de tiroirs qui abritent des remords, des regrets et des hontes, des crimes imaginaires et des délires, une vie masquée derrière les vues cauchemardesques de sept villes traversées :

Sa ville natale où s'entassent morts et blessés, sans cesse traversée par des cris de haine et de vengeance;

Paris où il connut tant de matins d'aube blafarde, où il faillit se consumer, corps et âme ;

Mexico où il eut faim : avoir faim, ce n'est pas le penser, c'est voir le pain briller d'un éclat douloureux à la devanture d'une boulangerie ;

Amsterdam où l'on rencontre par mètre carré les plus belles filles de la terre, fontaines de félicité qu'on baise, qu'on chavire, qu'on pénètre sans aimer ;

Santo Domingo, antre de brigands où il a cru que c'était le bout de son chemin ; il s'en est d'ailleurs fallu de peu ;

La Havane, ville interdite, ville maudite où tout est figé : les visages, les cœurs, la vie ; un long hiver de plusieurs années ;

Montréal où, sur les rives du fleuve, il y avait des dieux cachés, incompris, voués comme lui à la nuit de l'exil.

Loana voulait me faire comprendre la discrétion de Virgile. Quand on porte en soi une secrète souffrance, on n'a pas envie d'aller la répandre, la profaner sur la place publique, surtout pas dans un café. Loana avait raison. Lorsqu'ils prennent la parole, les dieux déchus qui évoluent dans ce café, ils remontent inlassablement le fil tortueux de leur histoire, une histoire brouillée dès l'origine par la violence, par le cours d'un fleuve qui n'est pas celui qu'il aurait dû être. Rivés à la zone obscure de leur passé et de leur solitude, ils préservaient eux aussi un secret, un inavouable secret : le désespoir le plus pur, un désespoir qui n'a rien à voir avec les chagrins de salon, les tristesses labiles et les dérisoires fléchissements de l'optimisme, et qu'ils masquaient sous une espérance apparente, sous l'attente d'une improbable rédemption. Mais au fond d'eux-mêmes, ils savaient pertinemment que cette renaissance du pays ne viendrait pas. Tout au moins, pas de leur vivant. Ils se sont noyés dans l'alcool, dans tous les alcools des villes et des pays traversés. Les voilà, drôles de zigs, paroissiens sans paroisse, indigènes sans pays, natifs sans nation, ni patrie, ni matrie, débarquant dans un hypothétique pays qui s'appelle le Québec.

Je regardais le Café Campus, à cette heure où le biorythme du café battait au ralenti. Il y a les mots que les gens ne se disent pas, il y a ceux qu'ils ont l'air de dire avec leurs yeux, leurs gestes lents, leurs postures immobiles. Il y a les mots tus, ceux que les gens gardent pour eux. Ils ont le cœur gros, mais on ne le sent pas battre, ils respirent l'air du dedans, ils respirent la lenteur, n'entendent que le bruissement de leurs tempes. Une lenteur extrême, un temps mort, non, pas mort, au ralenti, seulement au ralenti, comme la cognée des cœurs sous l'emprise du froid, comme s'épuisent les fleuves au lit soudain trop large qui cachent leur puissance au fond de leurs eaux lourdes.

Il était cinq heures du matin. Le Café Campus fermait ses portes. D'ailleurs, il les fermerait bientôt définitivement, les résidants du quartier ayant déposé une plainte pour tapage nocturne. Les uns après les autres, les derniers clients sortaient. Une nuit finissait, une autre journée commençait. Dans l'aube, des silhouettes s'éloignaient, des fantômes avançaient le dos courbé. Sur la Côte-des-Neiges, un rideau de nuages couleur ocre baignait la coupole de l'oratoire Saint-Joseph et la tour des Vierges de l'Université de Montréal. Soleil levé!

VII

Lasse d'attendre que Thésée remonte du laby-
rinthe, lasse de guetter son pas égal et de retrou-
ver son visage parmi toutes les ombres qui passent,
Ariane vient de se pendre. Au fil amoureusement
tressé de l'identité, de la mémoire et de la recon-
naissance, son corps pensif tourne sur soi. Cepen-
dant Thésée, amarre rompue, ne revient pas. Cor-
ridors et tunnels, caves et cavernes, fourches,
abîmes, éclairs sombres, tonnerres d'en dessous : il
s'avance, boite, danse, bondit…

MICHEL FOUCAULT

Il est des lieux qui concentrent en eux la mémoire, le travail, l'anecdote, le constat des ruines et le souci de rebâtir ; ils sont ambigus et ont l'étrangeté des demeures de revenants. Il est d'autres lieux, d'autres quartiers, avec leurs édifices désaffectés, à l'abandon, livrés aux courants d'air, aux chats errants, des lieux accumulateurs de colère ; ce sont des îlots de haine où les mondes entrent en collision comme des particules atomiques. Aucune dissimulation n'empêche de les nommer car, en certaines régions, ils abondent, n'en finissent jamais d'être là. Mais il est aussi des lieux qui agrègent dans leur stabilité, des lieux qui situent sans enclore. La Côte-des-Neiges semble être de ces derniers tant il y a une constance de ton derrière la multiplicité des présences, tant le phrasé d'une respiration continue sous la diversité des timbres de voix.

À La Brûlerie, nous avions notre coin près de la baie vitrée qui donne sur la mer — la mer des passants occupés à passer. Quand on franchissait la porte d'entrée, que l'on contemplait cette pièce avec son enfilade de tables et que l'on entendait s'entrechoquer langues et accents, on était happé par le souffle du lieu, par cet énorme melting-pot qui communiquait un sentiment de renaissance. À La Brûlerie, on pouvait observer du temps à l'état pur, à l'état naturel, comme on le dit de l'or, du temps subi ou assumé en attendant la mort. À La Brûlerie, il y avait ceux qui s'observaient sans s'épier, ceux qui échangeaient des regards, peu de mots, ceux qui partageaient, au-delà de leurs naissances dépareillées (gens bien nés, gens mal nés, gens dont la valeur sait attendre le nombre des années), la modeste et précieuse dignité d'être nés et le devoir de porter cette naissance jusqu'à l'ultime instant, celui où le temps que l'on s'est résigné à ne pas retenir s'arrête dans le silence du cœur.

Je regardais distraitement l'homme que le garçon installait à la table voisine de la nôtre. Il dit : « Une bière. Est-ce que je peux avoir une bière ? » Le buste massif s'était assis, passant du mouvement à l'immobilité sans transition, comme ces bêtes, ces sauriens capables de se figer durant des heures, épousant l'aspect d'un tronc d'arbre ou d'une branche morte. La voix neutre, grise, le regard invisible sous les paupières baissées. Je regardais ses mains, et je pensais, allez savoir pourquoi, que ces mains avaient l'habitude de tâter des parties intimes de corps. « Ça va ! » ai-je entendu Dave Folantrain répondre en faisant un léger sourire à un habitué du café qui lui demandait de ses nouvelles. Il savait bien qu'après tant d'années ce mensonge ne leurrait plus personne. Tout le monde savait que ça n'allait pas, que Dave ne faisait que tuer le temps, tuer la trame d'un quotidien sans horizon, d'une vie lente dans Côte-des-Neiges assiégée. Sinon, la folie le menacerait comme ce voisin de table qui, depuis un moment, s'adressait à une compagne imaginaire. « Celui-là est définitivement parti », plaisanta Dionysos d'Acapulco, qui ajouta, réflexion faite : « Bientôt nous serons tous comme lui. »

Dans la salle enfumée, les gens chuchotaient leurs petits secrets : Dave s'était levé dès l'aube ; afin de se dissimuler une inévitable absence de projet, il était allé à l'oratoire une fois de plus. Jacques, lui, avait préféré rester au lit ; sa télé branchée sur CNN, il avait écouté les nouvelles pour oublier le temps. Il avait fini par se rendormir. Ces deux compères remplissaient leur vie d'artifices qui ne parvenaient plus à tromper la monotonie quotidienne.

Dave Folantrain n'en finissait pas d'examiner tous les obstacles qui l'empêchaient d'aborder l'écriture de son nouveau roman; il n'en finissait pas de passer en revue tous les points intermédiaires qui jalonnaient le chemin menant vers le but à atteindre : depuis quelque temps, il avait commencé à chérir le vertige de l'immobilisme, à s'abandonner à la volupté du doute, à l'extase d'élégiaques atermoiements. Il s'attardait à faire l'inventaire des symptômes auxquels il était en proie : la peur de soi, la peur du non-être. Il se sentait comme le concierge d'une ruine, incurablement solitaire. Il se sentait de plus en plus dans la vie en pays ennemi; une inutilité sociale jetant sur le siècle un drôle de regard : le regard lumineux et lucide de son désespoir blafard, comme un voyageur désintéressé, étranger au désir et à la vie? « L'exil est une perte de consistance. Au point de départ, on fait l'expérience de la vacuité, de la légèreté, de l'absence de pesanteur. On croit déboucher sur la liberté, mais cette liberté est accompagnée d'indifférence et progressivement de détachement. Il faut prendre acte de cette disjonction, il faut prendre acte du malheur qu'est l'exil, de cette tristesse, du vide qui nous prive de notre être, de cette impuissance à agir », n'arrêtait-il de répéter.

Cette forme de détachement que Dave a été, degré par degré, amené à pratiquer, il la nommait « déliaison » et prétendait n'être plus qu'un « esprit enfermé comme une conque marine dans sa spirale spéciale ». À Dionysos d'Acapulco qui lui demandait si un beau jour il expliquerait ce que signifiait exactement ce terme, il répliqua : « La déliaison, c'est ce que devient l'être dépossédé de toute attache. On croit d'abord avoir accès à soi, à un infini de possibles. Petit à petit cette certitude se transforme en une pratique de la distanciation, comme si on regardait avec les yeux d'un ancien aveugle fraîchement opéré, comme si on regardait d'un regard d'outre-tombe le monde des vivants, comme si on regardait en rêve. Tout compte fait, la déliaison, c'est flotter au hasard. Comment sortir de cette vacuité dissolvante ? Comment retrouver le courage de l'action, lutter contre la funeste dispersion ? » Le docteur sortit alors une de ses formules sibyllines : « C'est le désir qui nous cheville, la volonté qui nous attache et la santé qui nous enlace aux choses du monde. Il faut laisser revenir un peu l'inconscience, la spontanéité, l'instinct qui rattachent à la terre. »

Dave, déconcerté par cette réflexion inappropriée, resta silencieux quelques instants. « Quelle connerie ! » laissa-t-il tomber, avant d'enchaîner : « Au neuvième chant de *L'Odyssée*, Ulysse jeta l'ancre avec ses compagnons au large d'une côte inconnue et il envoya à terre quelques hommes d'équipage avec pour mission d'explorer l'île. Comme ils ne revenaient pas, il s'inquiéta. Avaient-ils été faits prisonniers par des habitants hostiles ou avaient-ils été tués ? Il n'en était rien en fait ; les insulaires les avaient, au contraire, reçus chaleureusement et invités à leur table. Ils leur avaient présenté un fruit dont la saveur rappelait celle du miel. Ce fruit, outre sa succulence, possédait la vertu de procurer l'oubli. Avons-nous, nous aussi, partis en éclaireurs, mangé tellement du fruit des terres de l'autre bord de l'eau, fruit parfois à saveur de miel, avons-nous tellement apprécié les richesses, la douceur du séjour que nous avons oublié le but de notre voyage? Qu'avons-nous fait du rêve du retour?» L'amertume, la hargne, une violence contenue lui déformaient la voix. Mais aussi un accent de résignation.

Une chaleur moite enveloppait la grande salle surchauffée du café. Loana, depuis un moment, s'éventait discrètement avec sa serviette. Lentement, comme si elle cherchait ses mots, comme si elle réfléchissait en parlant: «J'ai toujours vu *L'Odyssée*, dans sa pure forme, comme l'expression de l'arbitraire des puissances. Cette errance absurde n'est-elle pas un déni du retour? Et le naufrage n'est-il pas finalement l'acte par lequel la fiabilité même du cosmos est remise en question? La défaite des nomades a été complète au point que l'histoire n'en a fait qu'un avec le triomphe des sédentaires.» La gravité de cette réplique nous surprit. Loana avait-elle lu cela quelque part? Qu'importe, nous ne nous attendions pas à de tels propos dans la bouche de la Marquise que nous nous étions accoutumés à croire insouciante et volage. Le malaise qu'ils suscitèrent n'en finissait pas de se dissiper. Dionysos profita de notre silence pour raconter une de ces vieilles blagues qu'il traînait dans son sac à humour et dont il escomptait toujours un effet de fascination semblable à celui que le prestidigitateur produit sur son auditoire quand il déploie les mille tours dont il dispose.

« Vous ai-je déjà fait le récit du retour de Jésus sur terre ? Après une nuit multimillénaire de sommeil, Dieu le Père ouvrit les yeux et se mit debout dans la clarté d'un cumulus. Il fit quelques mouvements de gymnastique, tapota ses pectoraux, puis ses biceps tendus, constata sa bonne forme ainsi que, malgré son âge, le surcroît d'énergie dont il était doté. Grand dépensier devant l'Éternité, le Père chercha comment employer ce surplus d'énergie. Il parcourut de long en large le Paradis, visita tous les saints, comptabilisa leurs prouesses, constata de visu que tous nageaient dans la béatitude, sauf un, son Fils unique. Il l'appela et lui dit : "Fiston, tu tournes en rond et je devine à ton teint blême, à tes bâillements répétés, à tes soupirs nostalgiques que tu dois t'ennuyer ici. Il ne tient qu'à toi de redescendre. D'ailleurs, n'avais-tu pas promis que tu reviendrais quand la fin des temps serait proche ? Ce sera une bonne blague à leur faire. Beaucoup d'entre eux pensent que tu ne reviendras jamais, que leur pseudo-civilisation durera toujours, que le temps des grands législateurs est passé, qu'il n'y aura plus de fin au meurtre, au pillage et au viol, que le paysage du monde sera à jamais celui de ce lamentable, de cet infâme carnage. Je vois d'ici leur surprise ! Terrifiés, ils croiront venue l'heure de l'apocalypse."

« Cette interpellation du Père arrivait au bon moment, car Jésus était las de vivre dans cette société de loisirs, Dieu le père ayant décrété, depuis son ascension et l'assomption de sa mère, des grandes vacances en ce qui concernait les affaires de la Terre. Cette pause de plusieurs millénaires avait assez duré ; elle fatiguait le Fils. D'autant plus que là-haut, la rumeur des calamités du siècle lui était parvenue. Elle charriait l'écho de tant de bavures, de tant de massacres, de tant de sang versé : la famine, les guerres fratricides, les nettoyages ethniques… Pourquoi pas, se dit-il, et son visage s'illumina d'un large sourire ; mais l'instant d'après, il devint soucieux. Il se souvenait, le Fils de Dieu, d'avoir chèrement payé la tentative de rédemption des hommes, et ce souvenir l'emplit d'une inquiétante appréhension.

« Le Père lui donna une grande tape sur l'épaule et fermement lui rappela : "Chose promise, chose due. Tu ne saurais te dérober à ta mission, d'autant plus que ce bavard de Jean avait spécifié aux fidèles des sept églises les signes annonciateurs de ta venue. Ils se sont un à un matérialisés. Ne les fais pas attendre plus que de raison. On ne peut adorer indéfiniment un Dieu lointain échappant aux manipulations humaines. De toute façon, tourner en rond ici ou sur l'inconfortable tête d'épingle rotative, cela revient au même. Mais cette fois-ci, prends garde, remonte avant de te faire clouer sur deux planches croisées. Bonne chance, mon fils. Je serai avec toi partout où tu iras."

« Ainsi avait parlé le Père. Le temps était donc vraiment venu. Persuadé, Jésus s'ordonna à lui-même ce qu'il avait jadis ordonné à un autre : "Lève-toi et marche." Il demanda à quelques apôtres de l'accompagner ; chacun, tour à tour, déclina l'invitation d'un vigoureux : "Non merci, j'ai déjà donné." Ils ne comprenaient pas que Jésus accepte de répéter l'expérience, de revenir sur ce chemin de calvaire et d'épines. "Pure folie, murmura dans sa barbe Matthieu, cette persistance dans le dolorisme, cette recherche de proximité avec l'humanité souffrante, avec les blessés, les éclopés de la vie."

« La logique du Christ n'est pas celle des hommes. Le fils de Dieu déplorait tant cette culture de la mort dominante dans ce siècle dit moderne : euthanasie active, avortement, toxicomanie, guerre, terrorisme et autres calamités. Il fallait proclamer une culture de la vie. Et puis, toute passion n'est-elle pas suivie d'une résurrection ? Résigné, il entreprit de descendre seul des hauteurs du ciel en déguisant une fois de plus sa divinité sous figure humaine. Il trouva le voyage de retour un peu rude ; il y avait de cela deux mille ans qu'il avait trente-trois ans. Il voulut, avant de gagner le lieu de son séjour — il avait choisi de nouveau le Moyen-Orient —, effectuer un rapide tour de terre. Impossible d'énumérer les catastrophes qui depuis son temps avaient frappé la planète, la liste serait trop longue.

« L'après-midi s'apprêtait à laisser sa place au crépuscule quand Jésus, harassé, fit une halte pour la nuit. Le hasard voulut qu'il atterrisse à Montréal, aux abords du square Cabot, au coin des rues Atwater et Sainte-Catherine, là où se trouve le Forum, ce temple érigé à la gloire des dieux du hockey. Comme il avait vu Jean-Paul II le faire maintes et maintes fois, son premier geste fut de baiser cette terre sur laquelle il n'avait pas remis les pieds depuis deux millénaires ; en se relevant, il fut secoué d'un léger mouvement d'irritation : ni papamobile, ni tapis rouge, ni officiels, ni ambassadeurs, ni majorettes n'étaient accourus à sa rencontre. Il comprit qu'ayant revêtu les apparences d'un simple citoyen, il devait se comporter comme tel et utiliser les transports en commun. C'était un samedi de juillet. L'été battait l'asphalte et la Sainte-Catherine était bondée : piétons, bicyclettes, voitures et autres engins motorisés se disputaient la chaussée. La rue Sainte-Catherine est à Montréal ce qu'est le boulevard Haussmann à Paris, Broadway à New York, le Kurfürstendamm à Berlin, l'avenue Ginza à Tokyo. À quelques encablures du Forum, il voyait se profiler le centre-ville et, pour s'y rendre, il valait mieux prendre le bus. C'était l'heure de pointe. Le Fils de l'homme, policé, se résolut à faire la queue, mais son tour de monter n'arriva jamais puisque, à peine l'autobus avait-il vomi un flot de passagers, il repartait bondé. Jésus décida donc de longer à pied la Sainte-Catherine.

« Il ventait doucement, un vent qui caressait d'un doigt polisson les jupes des femmes à mi-cuisses comme la mode en avait décidé cette année-là. Les gens qu'il croisait le dévisageaient ; certains le saluaient avec respect, d'autres lui adressaient des prières. Comment sa présence avait-elle été révélée ? Certes, Jean et ses fidèles disciples, depuis deux millénaires, avaient annoncé avec force cuivres et clairons son retour imminent. Mais personne n'en connaissait ni la date ni l'heure. Parvenu à l'angle de la rue Peel, alors qu'il guignait un cornet de glace au chocolat qu'un enfant pourléchait goulûment, il heurta un aveugle qui s'apprêtait à traverser la rue : "Prête-moi tes yeux", lui dit l'aveugle. Jésus fit mieux, il lui donna la vue. L'aveugle fut tellement ébahi, ébloui, qu'il perdit l'usage de la parole sur le coup et partit à toutes jambes s'engouffrer dans la bouche de métro la plus proche.

« Jésus continua son chemin en zyeutant les vitrines des magasins. Il buta contre la chaise roulante d'un cul-de-jatte. Pris de compassion pour cet homme qui avait perdu ses membres inférieurs, il le dota sur-le-champ d'une paire de jambes bien solides. La surprise de l'invalide fut si grande qu'il se mit à danser, une farandole, une danse de Saint-Guy, rythmée par les applaudissements de spectateurs qui avaient fait cercle autour de lui.

« Reprenant sa marche, Jésus passa devant la façade de l'église St. James transformée en centre commercial. Y entrerait-il comme jadis pour chasser à coups de trique les vendeurs du Temple ? Il traversa le square Phillips, tomba nez à nez sur l'affiche d'un cinéma porno, décida de changer de trottoir, d'autant plus que devant Sam the Record Man, le populaire magasin de disques, il y avait foule. Des haut-parleurs installés à l'extérieur diffusaient une musique baroque. Des groupes de jeunes, blouson de cuir, bandeau autour de la tête, blue-jeans et baskets, brèquedansaient au son in du dernier tube. "Mais c'est Jésus qui traverse la rue vêtu de cette djellaba blanche", crièrent en chœur quelques badauds. Le fils de Dieu pressa le pas. Il balaya du regard le square de la Place des Arts. Cherchait-il quelques éclopés à miraculer ? Il n'y avait là que de belles jeunes femmes, forcenées adeptes du bronzage, cuisses ou seins à l'air. Comme le Fils de l'Homme n'est pas voyeur, il actionna la porte vitrée du Palais Kitsch célébrant la consommation de produits kitsch.

« Dans un espace circulaire, écrasé par des projecteurs, un minet applaudi par d'autres minets s'époumonait sous les yeux de lynx de trois caméras. Jésus se joignit à l'assistance répartie en fer à cheval, mais au bout de quelques minutes il bâilla. Était-ce d'ennui, de faim, de fatigue ou commençait-il à regretter son nuage là-haut, son petit nuage discret loin de toute cette stérile agitation de bipèdes poilus ? Il faut se mettre à sa place : il est politically correct aujourd'hui de dire que tout est art, même ce qui est à mille lieues de l'être ; on peut comprendre la lassitude de Jésus face à tant d'élucubrations.

« Cheminant sans but, il reprit sa progression vers l'est. Encore des gens qui le dévisageaient, des gens qui se retournaient sur son passage, des regards curieux et des putains des deux sexes immobiles au bord des trottoirs tels des lampadaires. Envahi par un vide triste, ses pas le conduisirent machinalement jusqu'à l'angle du boulevard Saint-Laurent. Là, un homme, un Noir, accroupi, la tête entre les mains, semblait écrasé sous le fardeau de tous les malheurs du monde. Il pleurait à chaudes larmes. "Pourquoi pleures-tu ?" s'inquiéta Jésus. "Aïe ! Mon fils ! fit l'homme, il n'y a pas de mots pour décrire ma condition." Et il continua à pleurer. "Mais d'où viens-tu?" s'enquit Jésus. "Je suis haïtien", dit l'homme entre deux sanglots. Jésus hocha la tête de haut en bas en signe de compréhension. Puis, relevant sa tunique, il s'assit à côté de l'homme; ils pleurèrent de concert toute la nuit, jusqu'à l'aube. »

Le voisin de table, qui s'était arrêté de soliloquer pour écouter, au bout de cette longue histoire éclata d'un irrépressible rire qui trouva un écho à quelques tables avoisinantes. Ceux qui occupaient les banquettes autour du comptoir penchèrent la tête pour voir qui riait d'un rire si franc. « Elle est bien bonne ! » hoqueta l'homme quand sa crise d'hilarité se fut un peu calmée. Dionysos d'Acapulco le toisa, l'air de dire : « De quoi je me mêle ? » Mais l'homme ne lui prêtait déjà plus attention. « Comment expliquer le trouble du Christ, son impuissance face aux malheurs de l'Haïtien ? » marmonna-t-il tristement en regardant à travers la baie vitrée la pluie qui noyait l'empreinte des pas. « Reconnaissait-il dans son désarroi la figure de son propre désespoir, jadis ? Vivait-il, une nouvelle fois, l'absence de Dieu ? L'Haïtien et lui pleurèrent jusqu'à l'aube. Nouvelles lamentations de la Passion. Le Père avait une fois de plus livré au désespoir son fils qui se faisait, en mêlant ses larmes à celles de l'Haïtien, l'aveu de son irréalisable entreprise de sauver l'humanité. Mon père, pourquoi m'avez-vous encore abandonné ? »

Le désarroi de l'homme me fit penser à Virgile. Je l'avais bien observé les derniers temps de sa vie, dérouté par son comportement ou ses propos extravagants. On avait l'impression qu'une menace invisible et permanente planait au-dessus de lui. Quand il avait bu, il s'en prenait à la Terre, à la Création, à la vie chère, à la pollution atmosphérique, à la patrouille de femmes qui sillonnaient les couloirs du métro, pourchassant la race des machos dragueurs. Où allait-il après m'avoir quitté? En général, vers vingt et une heures, il se levait, marchait jusqu'à la borne d'incendie où il disait avoir attaché son lévrier et disparaissait. Virgile avait recueilli, peu après le départ de Naomi, un chien qu'il promenait chaque soir et qu'il attachait à une borne d'incendie quand il rentrait au café. Un jour, le chien mourut; Virgile se transforma en taxidermiste, l'empailla, fixa des roulettes sous ses pattes et continua à le promener, tenu en laisse, sur le boulevard. Il s'arrêtait devant les lampadaires pour qu'il fasse ses besoins, lui tenait de longs discours comme s'il était toujours vivant. Et ce n'étaient pas les seuls indices de son déséquilibre. Une fois, alors que nous nous rendions à la librairie pour acheter nos journaux, au moment de traverser la rue, il s'est brusquement figé et je l'ai entendu demander à voix basse : « Dois-je marcher ou courir ou ramper? Comment traverser? » Il était incapable d'avancer, cet exercice était au-dessus de ses forces. J'ai senti ce jour-là les larmes me monter aux yeux. J'essayai de les refouler. Mais, malgré moi, mes yeux coulaient; au bout de quelques instants, je fus secoué de sanglots.

Virgile n'avait fréquenté Naomi que très peu de temps. Mais la connaissance (naître avec) se mesure-t-elle au cadran de l'horloge? Cela avait suffi pour changer le cours de sa vie. Il avait rencontré cette femme, et lui qui jamais n'avait été un gai luron avait abandonné pendant le court intermède de leur liaison son esprit chagrin, ses déceptions, les ratages et les ratures de sa vie. Il avait retrouvé l'azur de ses vingt ans, ses passions, sa curiosité, son rire — l'espérance surtout. Virgile m'avait fait un jour une confidence qui me revint à l'esprit. Alors qu'il était emprisonné à Fort-Dimanche, pendant la grève des étudiants, un matin, après une nuit épouvantable de tortures, il s'était réveillé investi d'un bonheur indicible. Le soleil filtrait à travers les barreaux de la cellule. Dans un coin traînait un livre tout fripé. C'était *Les Matinaux* de René Char. Qui l'avait laissé là ? Il n'avait jamais raconté cela à personne ; cela aurait pu paraître indécent.

Puis, ce fut l'attente et le désespoir sans nom, sans fond. Depuis le départ de Naomi, je voyais la flèche dure de l'attente s'enfoncer dans la chair de Virgile. « Le retour est prévu pour quand ? » lui demandais-je parfois. « Pour demain », me répondait-il toujours. Les lendemains se succédaient. Je me moquais sous cape de son espérance que chaque demain révélait stérile. J'avais l'intuition qu'un drame couvait et appréhendais le jour où il exploserait. L'attente avait envahi la vie entière de Virgile. Et puis, il me cassait les pieds. Alors je me suis détourné de lui avec une sécheresse chaque fois plus clinique, comme pour conjurer l'inéluctable fatalité.

Oh, quelle moquerie ! Fallait-il voir en Virgile une image de l'existence humaine ? Quel nom donner à cet être démoniaque qui, en nous créant, avait décidé de ce que serait notre vie et en avait marqué simultanément les limites ? Non, pas Dieu. Un Dieu pourrait-il concevoir pour ses créatures des fins si sombres, si misérables alors qu'il n'y a rien au-delà ? Un Dieu pourrait-il, après nous avoir assigné une vie terrestre pitoyable, nous en extraire pour nous plonger dans le néant ? Si oui, alors, ne perdons pas de temps. Remplissons de tout le bonheur possible cet intervalle entre deux poussières. Et je me remémorai une énième fois l'histoire de Virgile et Naomi.

VIII

J'ai déroulé mes rêves sous tes pieds
Marche doucement car tu marches sur mes rêves

WILLIAM BUTLER YEATS

Côte-des-Neiges à la fin d'août. Il n'est de lieu où ne s'éparpillent les feuilles des arbres, jusqu'à éclipser la verdure des espaces gazonnés. Assis à la terrasse de La Brûlerie, Virgile sirote un cappuccino tout en regardant passer les femmes. Il observe en connaisseur les traits de leur visage, leur tenue, leur allure, l'élégance de leur démarche, le balancement de leurs hanches qui suscite toujours chez lui le désir amoureux. Il a toujours éprouvé à ce jeu une exceptionnelle satisfaction. En cette saison sur la Côte-des-Neiges toutes les femmes sont belles, mais aujourd'hui aucune ne réussit à retenir longtemps l'attention de Virgile. Et voilà qu'elle s'encadre dans la porte de la librairie, lève la tête ; leurs regards se croisent. Dans un visage de lune, des yeux étirés en amande, des yeux noirs dont l'éclat froid le transperce. Ils se regardent avec cette discrète insistance que mettent deux êtres qui ont le pressentiment que cette rencontre est le prélude de beaucoup d'autres, plus intimes. Et paradoxalement, Virgile a aussi l'impression que ce regard ne le voit pas : un rayon neutre, plat, qui lui parvient d'une autre galaxie à des milliers d'années-lumière. Il la regarde fixement. Pourquoi cette troublante sensation qu'il n'avait pris place sur cette terrasse que pour l'attendre ? Mieux, que toutes ces terres qu'il avait traversées, tous ces chemins qu'il avait parcourus le conduisaient vers elle ? Comme un automate, il se lève et quitte le café. Lui qui a vu l'espèce féminine dans toutes ses variétés, sous tant de cieux, « chiennement » il suit cette femme. Il est comme mû par un phénomène d'aimantation, réglant sa cadence sur la sienne. Quel homme n'a jamais été séduit par la grâce d'une démarche, la fierté d'un port de tête, la souplesse ondoyante d'un vêtement ? Virgile piste cette inconnue, s'imaginant participer à un quelconque safari. Elle est une bête fauve. Elle en a l'insinuante agilité, les enroulements onctueux, l'élasticité des bonds. Est-elle capable de griffer, de mordre ?

Rue Jean-Brillant, les érables centenaires bordant les deux côtés croulent encore sous le poids de leur feuillage, et leurs branchages forment un dôme. À l'entrée du pavillon des sciences sociales de l'Université, une grande affiche annonce qu'un congrès sur l'ethnicité s'achève ce vendredi. Pendant près de trois jours, des délégués venus des quatre coins du monde ont discuté d'appartenance et le tout se clôturait par la projection d'un documentaire : *Caffè Italia*. L'obscurité de la salle où il pénètre engloutit toute trace de son fauve. Éblouissant, émouvant, ce film dans lequel des fils d'émigrés italiens démêlent comme ils peuvent, diablotins dans le bénitier québécois, les écheveaux de leur identité multiple et leurs rapports avec le pays d'adoption ! La fin d'un film est le moment magique par excellence : l'histoire, les personnages, l'action habitent encore, hantent les spectateurs qui quittent la salle enrobés de pénombre, suspendus entre le temps, le vide et les chuchotements.

Dans la cohue grouillante qui se presse, se frotte à la sortie de la projection, une voix l'interpelle. Leïla, une Libanaise qu'il avait déjà croisée à quelques reprises dans des manifestations diverses. Une femme au port de reine, une déesse pour qui la douleur n'est qu'une planète étrangère, abstraite, une femme qui a connu la souffrance, mais qui l'a vaincue en transformant ses souvenirs, en leur donnant d'autres reliefs. Une façon comme une autre de tenir à distance ce qui fait mal. Elle a fait ses études primaires et secondaires à Beyrouth, cette terre meurtrie, à l'histoire blessée, dont les plaies étaient encore vives. Installée à Montréal depuis quelques années avec ses parents, elle prépare une thèse sur la santé mentale des migrants. Un beau brin de femme, une jeune pousse de palmier couleur de lait et d'encens. Elle est en compagnie d'une Vietnamienne qu'elle lui présente. Tout en cheminant vers l'extérieur, Virgile apprend que celle-ci demeure au Nicaragua et qu'elle cherche une planque au Québec où vivre avec un mec algérien qu'elle a rencontré — le coup de foudre existe — au début de l'été à Munich.

Virgile aime ces êtres de frontière. Ils portent une marque au front, une sorte d'étoile invisible, une générosité, une noblesse. Ils dégagent de prime abord une chaleur qui invite à la plus haute complicité. Ces deux femmes sont des êtres de frontière. Il se sent bien en leur compagnie, il éprouve pour elles une attirance de peau. « Virgile, viens-tu casser la croûte avec nous ? » Le Ministère de la Parole à cette heure tient conseil à La Brûlerie. Mais il n'y a que les escrocs et les espions qui ne ratent pas leur avion. Virgile n'est pas non plus pressé de rentrer chez lui. Ni femme ni enfant ne l'attendent. Barque sans amarres, il vogue au gré des courants et des marées, des vents et des dérives, sur les flots innombrables des rencontres de hasard. Il a déjà connu des roulis, calmes ou violents, qui l'avaient retenu, navire immobile, ou l'avaient projeté au fond de gouffres insondables. Et durant ses traversées, il avait été tour à tour ou tout à la fois le navigateur, la mer et le navire.

Le hall d'entrée se vide. Il est dix-huit heures. Leïla et sa copine vietnamienne rient à gorge déployée. Elles s'inquiètent de trouver un restaurant qui pourrait satisfaire à la fois le goût arabe, la finesse asiatique et l'appétit créole. « Bonne chance si un tel repaire paradisiaque se trouve au Québec, plaisante Virgile. Il faudrait trois restaurants en un : un libanais pour le raffinement des entrées, un vietnamien pour le panaché unique de la soupe aux crabes et un créole pour le velouté du court-bouillon. La Providence est bonne, on ne sait jamais… » Et il la voit soudain, son fauve, plantée là sur le trottoir, comme si elle l'attendait. Les deux jeunes femmes semblent la connaître. Elles l'appellent par son prénom, Naomi! Elles l'embrassent chaleureusement, la présentent à Virgile puis, sans cérémonie, la prient de se joindre à eux.

Un air de dépaysée, nocturne, profonde. Chez Naomi, le noir domine : ses vêtements, ses cheveux, ses yeux. Les deux jeunes femmes lui font part de leur préoccupation du moment; elle ajoute son rire au leur : une sorte d'implosion dans les ténèbres. Cet éclat de rire détaché de toute catégorie étonne Virgile. Un rire qui n'est ni présence ni absence, mais l'offrande d'une présence au cœur même de l'absence. Un rire d'une grâce inexprimable où le don de la beauté s'éclipse dans la surprise de l'offrande; un rire qui allume l'air d'une lumière fulgurante; un rire qui illumine comme l'éclair. Un éclat de rire ou un rire en éclats? Virgile renonce à caractériser ce rire. Comparerait-il la jeune femme à un soleil noir? Non. Elle lui fait penser davantage à la lune, une lune arrachée à un ciel sombre, comme une fleur à un terrain vague et désertique; une écume abandonnée par les flots sur le sable de la grève. Elle ne parle pas, elle chuchote. « Qui est-elle, cette face de lune? D'où vient-elle? » s'enquiert Virgile auprès de son amie libanaise. « Tout ce que je sais d'elle, c'est qu'elle est asiate. Une Asiate mystère, discrète, peu bavarde sur sa vie. Elle disparaît et réapparaît sans qu'on ne puisse jamais savoir d'où elle vient ni où elle va. Quand on la revoit, invariablement elle dit qu'elle était en Australie. On va essayer encore, lui souffle Leïla avec un clin d'œil complice. Naomi, où étais-tu passée ces derniers temps?» L'Asiate rit: « J'étais en Australie. »

Virgile essaie une fois de plus de trouver les raisons qui motivent cette troublante impression qu'il attendait depuis longtemps cette rencontre, qu'il a franchi toutes ces frontières et toutes ces eaux pour se rapprocher d'elle. Il épie ses moindres gestes, scrute ce visage énigmatique, ces yeux d'un noir profond comme un lac. Il observe le battement des cils, le pli retroussé de la lèvre supérieure quand elle rit. Son visage doit être inondé de lumière quand elle jouit. Que faisait-elle en Australie? Serait-elle, là-bas, secrète vestale au service de quelque dieu mâle? Les trois femmes parlent du colloque, des interventions qu'elles ont aimées, de la migration, cette position inconfortable. Ces dernières années, Naomi s'est intéressée à des parcours biographiques de migrants; sa capacité d'écoute avait, dit-elle, mûri au contact de l'opacité quasiment indéchiffrable des cheminements individuels. Virgile apprend qu'elle est sociologue. Elle parle avec un accent imprégné de légèreté; elle rit d'un rire clair et pourtant, Virgile a l'impression que son rire émerge d'une lointaine plage de silence. Il décèle dans son regard une ombre de chagrin, une sorte de fatalité, comme si, pour elle, l'horrible s'était déjà produit. Elle lui paraît fragile, dépourvue de tout, destituée. Une étrange prémonition, qu'elle n'est pas là pour durer, que les outrages du temps lui seraient épargnés, l'envahit. Vivante, elle semble si peu complice de la vie que lorsqu'il la regarde, son corps est agité par un léger frisson : tout en elle lui dit qu'il faut qu'il se dépêche de la posséder car bientôt elle disparaîtra à tout jamais. Sa présence porte la marque d'un adieu imminent, ce qui confère à son être un éclat de prédestination, un nimbe, comme si elle entretenait, en toute discrétion, une solidarité avec le caché, l'invisible, le mystère.

Leïla s'est soudain rappelé un rendez-vous qu'il lui était impossible de remettre. Elle n'aurait pas le temps de manger avec eux dans le court intervalle qui l'en séparait. Selon Virgile, ce n'était qu'un prétexte. Elle avait gardé de son Liban natal un sens de la gratuité du geste et une sensibilité à fleur de peau, toujours prête à bondir depuis l'angle aveugle de la vie et des choses. Quand plus tard il l'avait interrogée à ce sujet, elle prétendit qu'elle avait ce jour-là un rendez-vous d'amour. L'homme était d'habitude ponctuel ; elle l'a attendu une dizaine de minutes puis est partie. Il s'est présenté avec une vingtaine de minutes de retard ; il n'a jamais su qu'elle avait accepté de le revoir. Tout s'est terminé sur ce malentendu. L'histoire, une fois de plus, d'un empêchement, d'un contretemps. Pourtant, le retard n'est pas un refus.

Par où est passée la Vietnamienne ? Virgile constate qu'il se retrouve seul en compagnie de Naomi devant l'entrée d'un restaurant chinois. C'est elle qui l'a choisi : après en avoir refusé plusieurs, elle s'est décidée pour Le Charme de Chine. Le restaurant occupe tout le premier étage d'un vaste immeuble. Les neuf autres, des appartements presque exclusivement habités par des familles asiatiques. Au rez-de-chaussée, des petits commerces vendant tous des produits asiatiques. Naomi aime bien Le Charme de Chine ; il appartient à la dernière génération de restaurants chinois de Montréal dont l'ambiance et le décor rappellent un peu les salles de Hong-Kong, de Shanghai ou de Pékin. Virgile constate que dans ce restaurant, les fenêtres sont des surfaces de séparation, des étendues limites qui font ressortir davantage l'espace intérieur, parce que la matité de la vitre n'autorise pas la vue sur l'extérieur, bien que de sa place il puisse voir le reflet de l'enseigne lumineuse du restaurant et le profil d'une échelle de secours. Des rangées de lampes placées à l'arrière-plan éclairent vivement le décor or et rouge. Le mur du fond, une surface couverte de miroir, renvoie la forme distinctement rectangulaire de la salle à manger et en double la superficie. Le ton dominant est le rouge.

Le restaurant est plein. Des femmes, asiatiques pour la plupart, évoquent des poupées figées : la fixité de leur regard, la rigidité de leur corps, leur visage au maquillage criard (le même rouge vif que celui des tapisseries et des tapis) qui contraste avec la peau claire de leurs bras, de leurs mains, de leurs épaules, que dénude leur tenue largement décolletée, et de leurs jambes, sans bas, exhibant tous les atouts de la volupté et de la séduction. Les hommes, assis en leur compagnie ou seuls à leur table, sont par contre étrangement plongés en eux-mêmes et les traits de leur visage, quoique en pleine lumière, semblent disparaître dans l'ombre.

Parmi les clients, un homme en costume trois-pièces; Naomi le salue d'un signe de tête. Autour de la même table, plusieurs autres convives. Naomi les iden-tifiera pour Virgile: le consul de Chine à Montréal, un professeur d'université qui revient d'un séjour de quatre ans en Chine, des responsables d'associations diverses: Chine-Canada, Amitié avec le peuple chinois, SOS Racisme... Aux autres tables, les Asiatiques sont largement dominants; des familles entières parfois, appartenant à des vagues successives d'immigration légale ou clandestine, venues échouer sur les rives du Saint-Laurent: des Chinois d'Indochine, aujourd'hui réfugiés du Vietnam, du Laos ou du Cambodge; des immigrants récents en provenance de Hong-Kong, de Taiwan et même de la Chine populaire. Au-dessus du chaos général des conversations de table — car les Chi-nois mangent bruyamment — flotte l'étrange création reptilienne qu'est le dragon. Depuis quatre mille ans, il est le symbole de la culture chinoise, quintessence du yang, principe mâle par excellence, image de la vie elle-même. Il y a partout des dragons, foisonnement de la monstruosité. Un dragon géant illuminé est planté à l'entrée de la salle. Un dragon noir peint sur un fond de laque rouge se trouve en face de lui. Il y a un dragon en caoutchouc sur chacune des tables. Et même, au fond du restaurant, sous une vitre scellée, un dragon en or à dix-huit carats, qui vaut probablement plusieurs milliers de dollars et dont une étiquette indique la provenance : Made in Singapour. Du rouge vif et des dragons. « Le décor est horrible, mais ils font une cuisine cantonaise divine », lui souffle Naomi.

Des Chinoises, image qu'il se fait des geishas japonaises, poussent à petits pas des chariots sur lesquels trônent d'étranges paniers. Elles s'arrêtent devant chaque table et offrent de servir, en découvrant leurs paniers, des mets dont la musique même des noms met déjà l'eau à la bouche : potage de nids d'hirondelles ou d'ailerons de requin, velouté de crabe ou d'asperge, plats de poulet, de canard, de bœuf, de porc, à toutes les sauces, à l'anis étoilé, aux pousses de bambou, à la racine de lotus. L'exotisme stimule le goût du merveilleux que l'on porte en soi. Le corps exotique réveille le feu du désir et donne, dès l'aube d'une nouvelle rencontre, l'envie de tout dire, de raconter le monde. Deux êtres aussi exotiques l'un pour l'autre trinquent, de part et d'autre d'une table. Dans leurs verres à hauteur des yeux baigne le liquide cristallin de l'apéritif. Éros gambade, joue à cache-cache au-dessus et au-dessous de la table. Virgile sent la chamade battre dans ses neurones, ses amines et ses peptides qui s'apprêtent à prendre en pâture ses synapses pour le plus grand plaisir de ses sens. Dans le cœur de Virgile naît un désir neuf, obscur. Tandis qu'il regarde Naomi manger ses rouleaux de printemps, il lui prend l'envie d'une fusion immédiate. Après l'avoir prélevée dans la foule, il se retrouve seul avec elle dans ce restaurant, dégustant l'incomparable et insolite beauté de son visage de lune.

Il cherche à rompre le charme. L'étoffe dont il est tissé le pousse, quand il est séduit par une femme, à chercher dans son visage, dans son corps, dans son allure générale le détail qui cloche, le petit rien qui l'éloignera : une mèche de cheveux, un sourire mou, une grimace, un tic, la courbure du nez, une expression qui lui rappellerait un animal qu'il n'aime pas. Chez Naomi, tout séduit Virgile, même son rire qu'il n'arrive pas à interpréter. Rit-elle parce qu'elle se moque de lui, ou parce que la situation l'amuse, ou est-ce tout simplement un rire nerveux, une sorte de tic qu'elle arbore pour mieux se protéger ? Ce rire indescriptible augmente au contraire sa fascination. Elle chantonne, consciente que leurs vies s'apprêtent à se mêler : « Tout va trop vite, on ne sait plus doser, tout va trop vite. » Il lui fait alors remarquer : « Si on va vite, c'est peut-être parce qu'il n'y a pas d'avenir. *No future,* disent les punks de la rue Saint-Denis. Demain peut être pire qu'aujourd'hui. Je vous concède qu'il n'est pas facile d'apprendre à vivre vite. » Une lueur de désespoir traverse les yeux en amande de Naomi : « Alors il faut apprendre à mourir. »

Pour détendre l'atmosphère, il lui raconte une blague. L'ex-maire de Montréal, Jean Drapeau, lors de sa première visite à Pékin, a passé trois jours et trois nuits à chercher le quartier québécois. Naomi sourit. Encouragé, Virgile raconte une autre blague. Des militants polonais, voulant offrir un cadeau à Staline pendant sa première visite à Varsovie, ont placé une commande auprès d'un artiste de renom. Quand celui-ci leur a rendu le tableau, les militants furent surpris d'y voir la femme de Staline s'apprêtant à se mettre au lit en présence de Trotski. « Où est Staline? » s'enquirent-ils. « Mais il est en Pologne », leur répondit l'artiste. Naomi éclate de rire. La suite du repas se passe sans grand événement. Virgile refuse les desserts variés qui sont proposés; ils sont tous à base de noix de coco, et il n'aime pas la noix de coco.

L'escalier roulant les conduit au rez-de-chaussée. Un marché occupe la plus grande partie de l'allée centrale, ne laissant aux piétons qu'un étroit passage. Des échoppes pleines à craquer, un amoncellement de pacotilles, de fruits, de légumes; des canards sanguinolents, des sacs grouillant d'anguilles, une odeur de porc grillé, une senteur d'échalote et de gingembre. Naomi s'arrête devant une vitrine, un commerce d'oiseaux exotiques: toutes sortes d'oiseaux venus des mers de Chine et des îles de l'Océanie, vêtus de plumes de feu, harmonie de saphir et de soufre, oiseaux de lumière, oiseaux rouge brique, attaquant avec furie les barreaux de leur cage, volant d'un trapèze à l'autre, se balançant, picorant de petites feuilles de laitue chinoise, des graines de tournesol ou du mouron, ou buvant à petites gorgées l'eau fraîche qu'on vient de leur apporter. Des commerces regorgent d'un éventail de gâteaux étalés sur des tréteaux: gâteaux aux dix parfums mi-sucrés mi-salés, galettes blanches de soja, biscuits en forme de cochons rôtis et autres savantes compositions.

Mais la foule est maigre comparée à celle qui encombre le quartier chinois à l'approche de la fête célébrée dans le calendrier lunaire des Asiatiques le quinzième jour du huitième mois. Il faut alors s'armer de patience pour se frayer un chemin parmi les acheteurs, les marchands, les bouchers, les cordonniers et autres artisans accroupis, presque adossés les uns aux autres, au milieu d'un monde d'enseignes lumineuses décorées d'extravagants signes idéographiques, mystérieux alphabet. Naomi lui apprend que depuis la nuit des temps, en Asie, cette fête marque le moment où la lune est au zénith de sa clarté. La légende veut qu'une reine de la dynastie Ming fût condamnée à rester pour l'éternité prisonnière de l'astre de la nuit. Ce sort émut le peuple : la lune est une demeure si froide. Une nuit de l'année, la plus claire, la silhouette de la reine leur apparaît. Tout un rituel entoure la manifestation de cette présence : offrandes de gâteaux, de fruits, de parfums, de miroirs ; récitals de poèmes, de chants et de danses au cours desquels on boit du thé ou de l'alcool de riz. Le boulevard Saint-Laurent en cette période regorge d'Asiatiques : déambulations d'une faune de beautés équivoques aux épaules dénudées, aux tuniques blousantes ou moulant le torse, aux pantalons bouffants ou serrés. Super-spectacle auquel il ne manque que les mendiants aveugles annonçant leur présence à coups de clochettes, les charmeurs de serpents et les endormeurs de cobras. C'est l'Orient lointain, au cœur de Montréal, avec ses odeurs, ses mœurs, sa crasse même.

Virgile ne comprend pas que les Chinois d'ici aient laissé à l'abandon ce quartier où ils étaient installés depuis tant de temps et se soient dispersés en îlots à travers la ville, créant ainsi une multitude de petites agglomérations. Suffit-il d'aligner artificiellement en un même lieu quelques boutiques et quelques restaurants aux devantures parées de caractères chinois pour que surgisse instantanément un quartier chinois ? « Pas du tout, réplique Naomi. Qui a eu l'occasion de visiter San Francisco, New York ou Vancouver sait ce qu'est un vrai quartier chinois en Amérique du Nord. Pour qu'un quartier ait une âme et soit digne de ce nom, les citoyens qui y demeurent doivent s'y sentir heureux, y vivre en osmose avec leur environnement. Je dis bien vivre et non pas seulement gagner sa vie pour ensuite aller dormir ailleurs. Actuellement, le quartier chinois de Montréal fait penser au quartier des affaires ; il se dépeuple dès que la journée de travail est terminée, sauf que ce déplacement survient plus tard après le coucher du soleil. Les plus jeunes ne veulent pas continuer à habiter ce quartier vétuste. »

Naomi ajoute qu'elle regrette de n'être pas photographe ou cinéaste. Cela lui permettrait de lutter contre l'évanescence du temps. Elle immortaliserait chaque façade de maison du quartier chinois, avant qu'elle ne soit attaquée par le pic des démolisseurs. Elle filmerait les vieux Chinois, enregistrerait leur récit de vie avant le terme de leur temps sur terre, avant qu'ils ne s'en aillent, et avec eux l'histoire de l'implantation sur cette terre d'Amérique de leur communauté : c'est la construction du chemin de fer qui les a amenés ici. Comme un entomologiste, elle épinglerait le vivant.

Sa tirade surprend Virgile. Alors qu'au cours du déjeuner il soutenait que les mots sont des faits, qu'ils servent, à partir de la périphérie, à trouver, le centre des choses, elle lui avait répliqué qu'elle ne croyait pas aux mots, qu'ils ne font que meubler le vide de la déréliction, que seul compte le silence. Virgile lui souligne la contradiction ; elle esquisse un mouvement d'irritation. Mais qu'est-ce qui peut bien l'avoir irritée ? « Vous, les mecs, lance-t-elle, vous entrez sans avertissement dans la vie de quelqu'un. Pensez-vous que cela puisse se faire sans résistance ? Vous vous prenez pour qui, à la fin ? Vous bousillez la vie et vous foutez le camp. » Elle dit cela dans un éclat de voix, comme traversée par un violent orage, par un typhon dévastateur. Puis, elle se met à courir.

Esprit porté sur la généralisation, Virgile conclut, sans trop s'émouvoir, que les femmes sont des êtres de fuite. Cela redouble leur charme. Elles sont absentes quand on les croit auprès de nous. Elles sont présentes quand on les pense loin. Un jour elles sont là et le lendemain elles s'évanouissent, elles quittent la planète. En même temps qu'elles, la lumière, le soleil s'éclipse. Les femmes plus souvent que les hommes ont un sixième sens : la lucidité. Dans une rencontre qui porte en puissance la passion amoureuse, elles savent d'instinct que cette relation va rapidement représenter une expérience limite. Alors, de deux choses l'une. Ou bien elles sautent, et le vertige qui accompagne la chute est dense de plaisir. Elles planent comme si elles avaient des ailes, mais elles retombent toujours sur leurs pieds, toute dignité retrouvée. Les hommes les suivent dans leur envol, mais, en bout de course, on les ramasse à la petite cuillère. Ou bien, devant le saut dans l'abîme, les femmes reculent, elles paniquent, prennent leurs jambes à leur cou.

Virgile se met à courir lui aussi, tout en ayant conscience de l'incongruité de la situation. Il la voit de loin, point noir dans l'après-midi ensoleillé. Les êtres humains se courent après soit pour se tuer, soit pour s'étreindre. Lui, Virgile, veut prendre Naomi dans ses bras et l'embrasser longuement. Au carrefour suivant, elle disparaît dans un immeuble à appartements. Il y entre à son tour en toute hâte. La porte de l'ascenseur se ferme sur elle. Sur le cadran, c'est la danse des points lumineux indiquant les étages. L'ascenseur s'arrête au huitième. Virgile l'avait choisie dans la foule, elle ne lui échappera pas. Il regarde le panneau sur lequel sont inscrits les occupants. Il lit un nom qui ressemble au sien et un numéro d'appartement : il tentera sa chance. Il grimpe les huit étages, enfile le couloir à la recherche du 804. Il reprend son souffle, frappe discrètement.

Quel flux traverse l'étendue immense de notre monde intérieur, plus vaste qu'un empire, et arrive à trouver l'entrée secrète des chambres closes du désir ? Quel jeu de sécrétions hormonales module au gré d'humeurs diffuses le désir qui naît en nous ? Qui dira un jour jusqu'à quel point les liquides de nos corps sont responsables de nos façons d'être ? Virgile sent que la barrière de vaisseaux sanguins et de méninges qui protège son cerveau vient de voler en éclats : des milliards de réseaux synaptiques sont réduits à une sorte de bouillie. Il frappe de nouveau, la supplie d'ouvrir. Deux ou trois minutes s'écoulent. Au moment où il commence à perdre espoir, la porte lentement s'entrebâille. Il la pousse doucement. Elle est là devant lui. Le temps de refermer la porte, il la retrouve assise en une position de yoga, la tête lovée entre ses cuisses. «Enlève tes chaussures», dit-elle, sans se lever. En se repliant dans son appartement, Naomi voulait-elle s'isoler du bruit du monde, du désordre périphérique?

C'est la première fois que Virgile pénètre dans un intérieur d'Asiate. Son regard vif, d'un seul coup, embrasse le décor : le piano, le paravent de bambou devant la fenêtre, le fragment d'amiante sur la table basse du salon, le tableau au mur, la lampe de cristal sur le coffre en bois laqué. Quoique de dimension modeste, l'appartement paraît vaste. Une unique pièce sert à la fois de salle à manger, de chambre à coucher et de salle de séjour. D'immenses baies vitrées trouent trois des quatre murs, donnant de l'espace une impression d'ouverture sur l'extérieur, de continuité, d'indifférenciation. Sur le mur plein, le tableau représente, sur un fond blanc, immaculé, une femme, silhouette longue, svelte, flamme légère, pâle et fragile. Sous ses pieds nus aux ongles laqués, son ombre danse.

Virgile se rapproche pour mieux l'examiner. La femme est un elfe sans âge. Son visage, un masque blanc. Sous le trait noir des sourcils, l'œil se creuse, s'embrume dans un effarouchement étonné. Les lèvres rouge vif s'étirent en un sourire fugace. Quand on la regarde intensément, on la croirait très vieille, mais son visage, au-delà de toute notion de beauté et de laideur, que le regardeur habille de rides multiples, pourrait bien être celui d'un enfant qui vient de naître. On dirait que ce visage a dépassé la douleur et qu'il est empreint d'une douceur effrayante. C'est comme si la femme n'avait ni présent, ni passé, qu'à la limite elle ne serait ni homme, ni femme, ni morte, ni vivante. Elle porte une tunique noire retenue à la taille par une cordelette et est coiffée d'une capeline noire sur laquelle est épinglée une fleur de lotus en papier rouge. Pourquoi, en la regardant, Virgile éprouve-t-il ces sensations inconnues, indéfinissables qui lient le bonheur à la tristesse, la sécurité à l'inquiétude ? Lui revient en mémoire ce parallèle qu'établissait un critique : le domaine de la peinture occidentale est un territoire fini à l'intérieur du monde. Dans la peinture chinoise, on ne sait si les personnages sont dans l'espace ou si l'espace apparaît grâce aux personnages. Et ce fond blanc n'est pas vraiment vide, c'est l'endroit où s'écoule la vie, où se meut l'énergie spirituelle du cosmos.

Naomi a relevé la tête. Un long regard désemparé. Entre eux, le silence s'éternise. Virgile cherche le moyen de le briser. Il doit dire quelque chose, mais quoi ? Dans des situations analogues, des paroles de chansons, des fragments de poèmes lui fournissent ordinairement des phrases opportunes. Cette fois, rien ne lui vient à l'esprit. Bêtement, il demande à Naomi où se trouvent les toilettes ; elles les lui indique d'un mouvement de la main. Virgile veut se rafraîchir. Une quantité déconcertante de crèmes, d'onguents, de lotions, de laques, de crayons, de vernis embarrassent le lavabo. Quand elle se maquille, s'amuse-t-elle à ressembler à la femme du tableau ? Pendant qu'il inonde d'eau son visage, il croit reconnaître les premiers accords d'un *Nocturne* de Chopin. Une exécution incertaine, une évidente absence de dextérité. L'interprète s'impatiente, les notes s'entrechoquent, ont de la difficulté à trouver leur chemin. Et voici que soudain elles résonnent, pures. La musique abolit la malédiction de Babel : son langage est universel. Virgile sait que tout est joué ; il ne tardera pas à voir son corps se dénuder et ses yeux couleur de nuit s'éclaircir. Il s'approche d'elle et, comme par effraction, lui baise la nuque. Quelques notes graves, le piano se tait. Le silence de nouveau investit l'appartement. Naomi tend la main et allume la radio. La *Valse d'automne* d'Albéniz. Virgile la relève doucement de la banquette du piano, l'enlace et, tout doucement, ils se mettent à danser.

> *Il danse sa déréliction*
> *Elle danse son angoisse*
> *Il danse sa joie de l'avoir levée*
> *Elle danse sa peur des gouffres*
> *Il danse une promesse d'orgasme*
> *Elle danse sa solitude*
> *Il danse son désir*
> *Elle danse sa crainte d'aimer*

Il danse sur un nuage illuminé de feux de Bengale ; il se dissout dans la lumière de ce visage de lune.

Il sent sous ses doigts la plénitude des hanches à travers la douceur de l'étoffe; il sent la rondeur des seins, la configuration luxuriante du pubis. Une danse éperdue dans un monde de pluies d'étoiles d'où avait disparu toute angoisse par rapport à la vie, à la mort, par rapport au passé, au présent, au futur. Il danse les yeux fermés, égaré dans un labyrinthe, porté par un nuage clouté d'éclaboussures de soleil, tous sens exacerbés. Elle danse une fuite éperdue, une dérobade. Elle danse, les yeux insondables, grands ouverts. Tangage de deux corps, emmêlement des jambes. Moments de chaloupage, jambes arquées, haut du buste relâché, mouvements à la fois syncopés et fluides. La musique s'arrête, elle pousse un cri, un cri primal, cosmique, irréel, proche du mugissement. Virgile presse ses lèvres sur les siennes, sa main gauche relève la jupe tandis que la droite lui écarte les cuisses, s'aventure sous le slip, épouse la toison, cherche la fente. Elle gémit, tente timidement de l'arrêter. Il la garde plaquée contre lui, la pousse en direction du divan; elle recule, consentante, vers l'espace délimité par Virgile, un espace d'attente. Attente d'être aimé. Attente du soleil de la jouissance.

Fidèle aux recommandations d'Ovide, il ne se hâte pas dans la recherche du plaisir. Sache le retarder, sache le faire venir peu à peu, avec des retards qui le diffèrent. Quand tu auras trouvé l'endroit que la femme aime qu'on lui caresse, caresse-le. Attente et quête. Deux corps nus. Il l'embrasse, lui dit ce qu'il est convenu de dire en pareilles circonstances. Elle garde les yeux fermés. « Regarde-moi. » Elle s'exécute avec une gêne dont témoignent la rougeur de son visage, la décomposition de ses traits. Enfin, il voit la lumière de son visage de lune sculptée. Enfin, il peut contempler le feu de ses yeux noirs en amande, de ses yeux profonds comme un lac. Ses mains fébriles la modèlent : l'arrondi des épaules, le galbe des seins, le léger renflement du ventre, l'ondulation des fesses. Ses mains l'écartèlent, laissent vagabonder des doigts qui titillent l'excroissance charnue, pénètrent la vulve humide, se déplacent à l'intérieur dans un mouvement de va-et-vient.

Oubliant toute réserve, Naomi halète, le souffle court. « Viens », dit-elle simplement en l'attirant, et ils adhèrent l'un à l'autre dans une étreinte liquide, escargots fondus dans l'humidité de leur chair hors de la coquille. Fête duelle des corps. Corps confondus, jaillissements de lumière. Elle réprime un cri et le serre dans l'étau de ses cuisses. Il la regarde jouir, contemple l'éclair de ses dents qu'elle serre par à-coups, se régale du grand O silencieux de sa bouche. Elle se donne, comme on se jette à l'eau, les yeux tantôt fermés, tantôt révulsés, avec des gestes sans relief de savoir-faire, sans ruse inutile de séduction. Un rythme d'abord lent qui s'accélère, devient de plus en plus violent. S'est-elle rendu compte qu'il est sur le point d'éclater ? « Pas tout de suite », chuchote-t-elle. Elle prend l'initiative, sa retenue envolée ; reins arqués, elle l'incite à se soulever, à sortir à moitié, à reprendre l'assaut.

Déferlement de mots qui excitent : « Je te sens là

qui pénètre mes ténèbres. Fouille-moi. Pille-moi. Mets-moi à sac. » Virgile est sous l'ogive de ses jambes. Sa langue franchit le pas d'une porte obscure, d'une nef noire. Déferlement d'odeurs vives dans le foin mouillé d'automne. Ses dents mordillent la pointe palpitante. Déferlement d'eaux salines. Il lève à demi les yeux ; il voit les spasmes de plus en plus forts, de plus en plus profonds de son ventre, et sur son visage, des contractions de plaisir. Ce corps est la seule donnée immédiate de la conscience de Virgile, seul peintre, seul sculpteur de ces formes étalées sans pudeur sous son seul regard. Naomi émet un cri primitif comme celui de la naissance, comme celui de la mort. Elle saisit de ses deux mains la tête de Virgile et plaque ses lèvres contre les siennes. Lui, il caresse le cou tendu, frôle l'ourlet des oreilles, titille les tétins, la recouvre de son corps, se coule en elle. Déferlement de plaintes de jouissance ; bredouillement de syllabes dans une langue parfaitement inintelligible pour lui. Accélération du mouvement : « Ça y est », dit-elle en l'inondant de son eau. Bousculement de la lenteur de son sang : Virgile éclate aussi. L'écume gicle par petits coups, un bien-être sépulcral. L'on entre dans le regard de l'amour comme dans celui de la folie ou de la mort.

Et c'est de nouveau, dans le clair-obscur de l'appartement, le silence. Ils se sourient. Virgile contemple la brillance des yeux. Leur tremblante lueur comme une flaque de soleil à la surface d'un lac sombre. Les deux corps baignent dans une lumière crépusculaire, et cette dernière clarté précise les contours du corps de

Naomi avant de les dissiper. Ont-ils refait l'amour?
Combien de fois? Quelle importance! Qu'y a-t-il de
plus important que l'extrême vitalité puisée dans l'intensité du plaisir?

Un sentiment d'intimité profonde et chaleureuse
envahit une région que Virgile croyait jusque-là inex-
pugnable. Il croyait au début que seuls leurs corps
prendraient part à cette aventure. Et voilà qu'il se surprend à vivre un rêve éveillé. Sa vie, jusqu'à ce jour, a
été un amas de circonstances malencontreuses; sa vie
recommence, les dépouilles du passé abandonnées.
Pastichant Jean Paulhan, il dit tout bas : « Ô inaltérable
commencement! Je verrai les choses désormais non
pas avec la surprise de la première fois, ni avec la lassitude ou l'oubli des dernières, mais avec l'émerveillement essentiel du premier instant. » Naomi interloquée veut comprendre ce qu'il marmonne. Il lui dit
qu'il débarque enfin après un périple mouvementé
avec la certitude de ce qui l'attend à quai; qu'il a enfin
trouvé le répit auquel il aspirait depuis tant de temps;
que d'un geste naît toujours un autre identique; que le
hasard qui les a précipités dans les bras l'un de l'autre
fera qu'il n'existe aucun endroit où ils ne sauraient
être heureux, au présent. La nuit n'est plus jeune.
Naomi étouffe un bâillement : « Je m'endors. Lorsque
je serai endormie, viens me retrouver dans mon rêve et
apprends-moi à devenir un arbre dansant avec une
cime qui reluit au soleil. Je rêve déjà. Je rêve que nous
sommes deux arbres côte à côte dans la forêt et que nos
cimes vivantes s'entremêlent, formant les racines du

ciel… » Les rais entre les pans mal joints du rideau tracent sur les chairs nues des sinuosités tels des nœuds que formerait un enchevêtrement de racines.

Une aube blafarde annonce que le soleil ne se risquera même pas par charité dans les rues de Montréal. Virgile est d'humeur gaie malgré cette lumière teintée de gouttes de pluie qui descendent avec nonchalance le long de la vitre panoramique. Il voudrait fumer une cigarette et boire une tasse fumante d'un café noir. Il n'ose déranger Naomi dont il entend le souffle régulier. Dans l'espace clos de cette chambre obscure comme une grotte, de cette chambre qui fait l'effet d'un domaine protégé dont les limites sont incertaines, Naomi et lui ont effectué cette nuit un voyage, un tour du monde, une traversée, l'un à côté de l'autre, l'un près de l'autre, l'un avec l'autre.

Des instants pareils, d'autres les ont immortalisés avant lui, pour lui. Henri Vaughan : « J'ai vu l'Éternité l'autre nuit / Comme un grand anneau de lumière pure et illimitée / Aussi calme que brillante. » Et aussi René Char : « Ce matin-là, il faisait si beau que par la suite / ce qu'on appelle une belle journée ne sera que l'ombre de ce jour. » La nuit avait charrié des substances qui ont sillonné son cerveau pendant le sommeil. De cette humeur aux humeurs qui maintenant parcourent son corps est tracé le chemin. Il vient de connaître cette femme et il est prêt à la prendre telle qu'elle est avec son aura de mystère, sans chercher à la changer. Prince du Grand Exil, il a été sacré empereur. Parvenu à ce stade de sa vie, il ne souhaite rien de plus que de connaître par cœur son corps, de lui plaire sans effets, sans orgueil. Puis de se délabrer en paix à côté d'elle, en quelque endroit de la ville, au bord du fleuve de préférence. Peut-être près des rapides de Lachine, qui offrent une vue sur Kahnawake et ses magnifiques couchers de soleil.

Naomi est nue devant la fenêtre qui donne sur un environnement urbain, mais au loin, on peut voir les feuilles des érables lestées d'humidité, étendues comme du linge à sécher. Ses yeux semblent regarder au-delà de la fenêtre, au-delà du vide. Elle paraît plus petite qu'elle ne l'est en réalité à travers les paupières mi-closes de Virgile, et surtout, à cet instant précis, très vulnérable ; une serviette de bain pend au bout de son bras droit. Ses formes féminines se dessinent dans cette lumière. L'expression de son visage qu'elle vient de maquiller est figée ; elle est comme exilée dans le cône de lumière qui projette un carré clair sur le plancher de la chambre. Son corps exposé à ce mince rayon de lumière qui tombe dans la chambre produit une impression contradictoire : d'un côté, le port de tête exhibe une confiance en soi, de l'autre, la silhouette dévoilée tremblant dans la lumière trahit une fragilité, sans protection.

« Raconte-moi une histoire. » Dieu seul sait que Virgile aime raconter des histoires : c'est sa passion. Encore un peu, il en aurait fait un métier. Il prend panique parce que, tout d'un coup, il se souvient du principe des mille et une nuits : raconte-moi une histoire ou je te tue. Devant cette soudaine injonction de

Naomi, il perd tous ses moyens, toute son habileté, toute son imagination, comme un boxeur dans le feulement des cordes. Le condamne-t-elle à raconter une histoire sous peine de ne plus l'aimer? Comme ça, instantanément?

« Il était une fois dans le Vieux-Montréal, ou c'était peut-être à Central Park, ou à… mais dans ce genre d'histoire, le lieu n'a pas d'importance, une seule fois suffit. J'étais assis sur un banc public que le soleil gracile de novembre parvenait à peine à réchauffer. À un détour se profila un cabriolet, vestige d'un temps révolu, prisé encore par un certain type de touristes. Le véhicule, traîné par un cheval alezan, clopinait sur des roues aux essieux mal graissés. Le cheval avançait tout seul. On lui avait laissé la bride sur le cou, et comme il était vieux, il en profitait pour aller très lentement, la tête basse, attitude qui contrastait avec le fier maintien du passager, un Nègre coiffé d'un feutre mou et vêtu d'un trois-pièces de tweed anglais. Le cocher, un Blanc en blue-jeans, pull délavé de grosse laine et casquette à visière, savait diriger sa bête à la voix, tâche dont il s'acquittait d'un ton professionnel. Parvenu à la hauteur du banc sur lequel je prenais place, le cheval s'arrêta. Lui et moi nous regardâmes quelques instants dans le blanc des yeux. La tension était insoutenable. Son regard était identique à celui qu'au cinéma on voit aux condamnés à perpétuité. Dans ces yeux désespérés, je crus lire un reproche. "Comment tes semblables, mieux placés que quiconque pour comprendre, ont-ils pu admettre qu'on réduise la race équine en esclavage ?" Mal à l'aise, je me levai et m'éloignai de cette bête et de son hennissement muet qui semblait remonter du tréfonds d'un abîme creux de plusieurs centaines d'années. »

« … Si nous allions dîner dehors ? » La Côte-des-Neiges est quasi déserte. Le soleil à son couchant éclaire les rues d'une lumière froide feignant la gaieté, mais un vent glacé, aigre, tranchant, un vent à faire reluire les chauves, souffle sans concession. Ils marchent au milieu de la chaussée. Elle est jeune mais aussi vieille dans son élégant ensemble noir. Il a le double de son âge, il est mince, grand, habillé sans recherche. Dans le crépuscule mauve d'août, le ciel va vite, d'est en ouest, instable, fragmenté, avec par à-coups des filaments de clarté qui se faufilent entre des plages très sombres. Au restaurant, le même que la veille, Naomi regarde Virgile dévorer avec appétit des crevettes au gingembre, du crabe à la sauce aux haricots noirs, un magret de canard à l'orange, du riz parfumé de Thaïlande et des litchis au dessert. Il lui fait part du sentiment d'étrangeté mêlé de fascination qu'il éprouve face à la Chine, à son histoire multimillénaire. Ils se parlent avec gravité : le sol natal, la situation au pays, problèmes similaires mais en même temps si différents, l'errance, la migration. Lui a connu tant de défaites. Son séjour à Montréal, une longue période de repli, une tendresse tournée vers l'intérieur. Heureusement qu'il y a les copains de La Brûlerie. Sa rencontre avec Naomi tombe comme l'eau sur une terre sèche en quête de pluie. Il plane au septième ciel.

Elle a peu de souvenirs du pays natal. « Mes racines, elles sont disséminées aux quatre coins du monde. Pour les retrouver, je fréquente les chinatowns des villes où je séjourne. Chaque fois que je pénètre dans une ville, Chicago, Boston, New York, Vancouver, Londres, Paris, je cherche le quartier chinois et m'y trouve un logement. Si de là je téléphone à ma sœur ou à une connaissance, elles manifestent toujours leur étonnement : "Encore à Chinatown !" Ma sœur, plus ça va, plus elle se dirige vers l'ouest, plus elle devient blanche. Moi, les quartiers chinois sont devenus mes points de repère car j'ai parfois l'impression de perdre pied dans ma propre culture. Plus le temps passe, plus mes racines s'effritent. »

Au Café Campus où Naomi pénètre pour la première fois, des danseurs, à qui la lumière changeante donne parfois des airs de clowns et de marionnettes, évoluent au son d'une musique qu'elle trouve infernale : une basse qui s'empare du corps par le ventre pendant que des accords de guitare claquent au plafond. « Comment font-ils pour se reconnaître dans ce tourbillon de tissus, de cheveux, de breloques ? » Brusque changement de rythme. Accents plaintifs, romantiques d'un boléro cubain. Virgile la prend par la taille et la serre contre lui. Ils dansent, quasi immobiles, ne franchissant pas les limites d'un carreau de céramique. Nouveau changement de rythme. Un saxophone ouvre des avenues de sons inédits, infinis. Il se détache d'elle. Il la regarde. Ses yeux sont un village incendié, diamant noir du désir à l'état brut : « Ne me regarde pas », dit-elle d'une voix enrouée. « Viens, je veux te présenter un ami de La Brûlerie. » Virgile se fraie un chemin et l'entraîne vers le bar où d'habitude est accoudé Jonas. Naomi hésite à avancer : « J'espère que tu ne me mettras pas toute nue devant tes amis. L'indiscrétion des hommes est proverbiale. Il ne faudra pas leur raconter notre histoire. La pensée qu'ils me verront nue me terrifie. »

IX

Le soleil au firmament est si éloigné
Que je ne sais comment me mettre en route.

QU YUAN

Comme un intrus, le voyant clignote et troue l'obscurité de l'appartement. Machinalement, Naomi actionne le répondeur. Une voix gutturale aboie des sons que Virgile ne peut déchiffrer en une langue qui n'est pas la sienne. Instinctivement, il les perçoit comme une menace. Naomi, immobile, fixe le répondeur avec obstination. Son silence informe Virgile : l'espoir ressuscité la nuit dernière vient de s'effondrer. Quelque chose d'indiciblement beau disparaît et ne reviendra jamais. La main qui se tend vers l'appareil pour en arrêter le chuintement tremble. Temps suspendu. Que la machine se remette en marche et grignote cette désespérance qui la transforme en une statue plus figée que la femme de Loth ; qu'elle dissipe ce désarroi qui lui fait des yeux encore plus sombres, des yeux qui ont maintenant la couleur d'un adieu.

Virgile la prend dans ses bras. Ils sont agrippés l'un à l'autre. Le temps s'égoutte comme leur vie. Pendant une éternité, brisée, désarçonnée, Naomi cache son visage contre sa poitrine. Il l'entend sangloter. Pour la première fois, elle l'appelle par son prénom. « Virgile, écoute, je te dois la vérité. Je repars pour la Chine demain retrouver mon père et mon mari. Ils m'attendent. Je voulais différer mon retour, mais c'est impossible. Le message que je viens de recevoir me le confirme. » Comment lui, qui n'a jamais connu le bonheur, pouvait-il avoir cru à un renversement soudain du destin ? Pourtant, la nuit dernière, alors qu'ils n'étaient que volupté, il a senti qu'elle l'aimait. Il ne croit pas s'être trompé. Que faisait-elle en Australie, à Montréal ? Dans la réplique de Naomi, Virgile perçoit une pointe d'agacement. « Pour vous, les anciens communistes, la Chine se limite à la Chine populaire. Vous oubliez ou méconnaissez cet informel Commonwealth aux dimensions du monde que forme depuis le XIXe siècle la communauté sinophone. Vous semblez ignorer que la Chine, c'est aussi Hong-Kong, ce temple du capitalisme mercantile triomphant, Macao la Portugaise, Singapour et les multiples communautés des Chinois de l'Asie du Sud-Est et celles des Amériques, de l'Océanie et de l'Europe occidentale. Combien sont-ils aujourd'hui de par le monde ? Des millions et des millions. Où qu'elle soit, toute personne d'origine chinoise reste fils ou fille du Ciel et est bienvenue dans cette grande communauté. Même en Chine où l'on reconnaît le droit du sang. »

Et elle lui raconte l'histoire de sa famille, donc la sienne. Son grand-père faisait partie de ces intellectuels, partisans d'une nouvelle culture, qui avaient été les instigateurs du mouvement du 4 mai 1919 prônant la nécessité de changer en profondeur les institutions, les valeurs et les comportements en Chine. Cette date, ô combien symbolique, est aussi celle de la naissance de Gao Liu, son père. Celui-ci grandit dans l'effervescence qui a caractérisé cette période : les luttes civiles où sombrera la République, la haine de l'occupant japonais, la méfiance envers les multiples intrusions étrangères qui provoquèrent l'explosion révolutionnaire. Disciple de Zhongshu, critique acerbe de la société chinoise de l'époque, qui, dans son texte *La Forteresse assiégée,* remettait en question la famille traditionnelle et tout particulièrement le mariage tel qu'il se pratiquait, son père fut arrêté et incarcéré dans les prisons nationalistes. Il en fut libéré après la victoire communiste de 1949 qui dota Mao d'un pouvoir absolu. Historien, il fut engagé comme professeur à l'Université de Shanghai où il enseigna l'histoire des mentalités et des comportements chinois : Mao, tout en calquant le pouvoir soviétique, favorisait la rémanence des coutumes nationales, l'aspect religieux mis à part.

Marié et père de deux filles, Gao Liu n'avait pas quitté le foyer familial où vivaient aussi un autre fils marié, sa femme, leurs deux enfants et une aïeule octogénaire. Quatre générations sous le même toit. Cela ne représentait pas une exception ; en Chine, la modicité des salaires forçait les jeunes ménages à la cohabitation. Ces conditions de vie ne favorisaient pas l'émancipation des femmes. Certes, les lois avaient permis de hausser leur niveau d'études et d'entrer dans le marché du travail, mais cela ne suffisait pas pour provoquer une véritable libération de la femme. Puis, ce fut la folle décennie de la Révolution culturelle. Communiste sincère, son père avait cependant toujours gardé son esprit critique. Un matin, il fut interpellé, taxé de déviationnisme et inculpé de crime contre la sûreté de l'État. Il passa deux ans dans les prisons maoïstes, fort occupé à avouer matin et soir des crimes imaginaires. Il fut libéré en 1970 avant l'expiration de sa peine, pour bonne conduite. Mais sa libération n'entraînait pas sa réintégration au sein de l'université. Devant l'impossibilité de gagner sa vie, il envisagea l'exil. Grâce à l'aide d'une organisation clandestine, il put quitter la Chine et s'installer en Australie, avec sa famille.

Quand, en 1977, Deng Xiaoping relança son programme des quatre modernisations, Gao Liu décida de retourner au pays. La Chine, disait-il, avait changé : la communauté économique et financière internationale manifestait un intérêt actif à son endroit, ce qui rehaussait son statut international, normalisait ses relations avec la plupart des pays. À l'intérieur, le mythe de l'infaillibilité de Mao était dénoncé en même temps que les excès des années 1966-1976. Des réformes hardies étaient entreprises. L'heure du retour avait sonné. Malgré tout, sa femme hésita à le suivre. Sa sœur, qui devait immigrer quelques années plus tard au Canada, et elle restèrent ainsi en Australie. Peu de temps après, Naomi recevait une lettre de son père annonçant que le mari choisi pour elle, bénéficiaire d'une bourse grâce à laquelle il pourrait poursuivre des études de sociologie en France, transiterait par l'Australie. Les préparatifs du mariage commencèrent aussitôt.

Virgile est abasourdi par ce qu'il vient d'entendre : comment a-t-elle pu accepter d'épouser un homme qu'elle n'avait jamais vu ? Comment son père, dont elle dit qu'il a tant lutté pour la liberté politique, qu'il a été un disciple de Zhongshu, a-t-il pu négocier son union avec un homme qu'elle ne connaissait pas ? Comment a-t-elle pu consentir à une pareille union, elle qui représente à ses yeux la modernité dans ce qu'elle a de plus achevé ? Naomi sourit tristement. « Il existe une spécificité absolue du fait chinois qui affecte aussi bien les mentalités, les structures sociales que les sentiments. Mon père est toujours resté attaché aux idéaux de la tradition chinoise. De retour en Chine, il a constitué avec d'autres intellectuels un mouvement dont le principal objectif était de réfléchir sur l'héritage historique. Dans une de ses lettres, il m'écrivait qu'ils étaient, ses camarades et lui, investis d'une mission : la culture chinoise en était l'objet, mais la Chine en tant que culture en était le but. Même si l'on répète à satiété que la société chinoise est basée sur la famille, les femmes n'ont jamais bénéficié d'une très grande considération. Je fais partie de cette génération qui, face au difficile apprentissage de la culture occidentale moderne, ne cesse de s'interroger sur sa propre culture et de la valoriser. Mon passage en Occident n'a pas beaucoup ébranlé cette conviction que le mariage reste avant tout un contrat entre familles. L'héritage culturel, vois-tu, est à la fois un trésor et un fardeau. »

Quelle est la nature des rapports qu'elle entretient avec son mari ? Naomi réfléchit un moment : « Comment savoir le moment où la rupture s'installe entre deux êtres ? En musique, il y a un moment qui s'appelle la coda. Vers la fin de l'œuvre, une reprise condensée ramène tous les éléments de la pièce à une durée la plus courte possible. C'est une toccata, une finale semblable à celle que l'on trouve par exemple chez Widor, Debussy ou Ravel. C'est comme reprendre un air qu'on a entendu il y a longtemps, très longtemps. Tout un pan de vie s'est écoulé, et brusquement, on repense à cette vieille mélodie toute simple. C'est cela, la coda, la fin d'une symphonie. Pour An et moi, c'est pareil : aujourd'hui, j'entends les notes, toutes nues, sans rien d'autre, sans rien de ce qu'elles avaient au départ. Elles n'avancent plus tout droit vers un certain but, comme avant. Il n'y a plus que le vent et le silence qui passent au travers de cette mélodie dont les notes s'éparpillent. »

Virgile, en transe, ne peut dormir. Au petit matin, il a une stupéfiante vision. Il erre dans une contrée inconnue, un point géographiquement imprécis où il n'a jamais mis les pieds et que la nuit rend terrifiante. Un vaste champ inculte, désert, s'étendant aussi loin que peut porter le regard. Sur tout le pourtour sont alignés des êtres immobiles. Sont-ce des hommes ou des bêtes ? Ils ne semblent pas avoir forme humaine. Il y a dans leur immobilité quelque chose de crispé, de tendu comme s'ils étaient à tout moment prêts à bondir, à fondre sur une proie. Le centre est occupé par une colonne monolithique. L'étrangeté du site suscite en même temps chez lui un sentiment de respect et d'épouvante. Soudain, un grand vent se lève, un furieux souffle qui monte d'un sol rouge telle une marée, glaise durcie par un hiver perpétuel, une terre où le printemps aurait oublié de revenir. Il aperçoit de loin Naomi qui se dirige vers lui, s'arrête, tournoie sur elle-même, s'effondre. Des vautours surgissent, tombent sur le corps de la jeune femme comme des mouches sur une viande avariée. Il veut crier, mais pas un son ne franchit le seuil de ses lèvres. L'espace d'un cillement, les oiseaux repus s'envolent. Virgile se frotte les paupières pour en détacher ces images d'horreur. Les visions sont encore plus nettes dans la pâle lueur du jour que dans l'air brumeux, crépusculaire.

À l'aéroport de Mirabel, dernière occasion de se regarder en pleine lumière. Il lui touche la joue ; elle lui prend la main. À cet instant, il sait que son corps ne guérira pas de ce désir qui l'avait attiré vers elle, l'avait attaché à ses pas. Il ne perçoit plus que le blanc de l'absence dans ses yeux et la tristesse. Il la voit dans ses yeux. Il ne la voit que trop clairement. « Au revoir, soupire Virgile. Prends soin de toi. » La vie semble les avoir désertés. « Au revoir », dit-elle en lui glissant une enveloppe entre les doigts. Elle franchit la barrière de dépistage électronique. Elle se retourne une dernière fois; Virgile lui fait un signe d'adieu. Et Naomi disparaît, engloutie par l'obscurité du couloir.

La lettre de Naomi, remise à la dernière minute, Virgile ne l'ouvrira qu'après avoir vu l'avion décoller. « Je dois, hélas! m'en aller. Virgile, je viens de passer un merveilleux week-end avec toi. Tu resteras désormais en moi dans toute ta perfection. Tu surplomberas le monde car ta tendresse t'élève au-dessus de tout ce que mes yeux ont déjà vu. Je ne pourrai plus jamais cesser de contempler l'ébène de ton visage et, ce qui m'a foudroyée pour toujours, cette taie de lumière, au fond du cercle pâle de ton regard, où se condense ta bonté… Virgile, j'ai été sous toi la chair qui plie, le cheval entre tes genoux. Je sais bien que vivre avec toi aurait été un cadeau permanent du ciel, mais si j'accepte ce cadeau, ce sera au prix de ma propre disparition. Comment puis-je ignorer l'appel de ce que je considère, avec mon sens de la famille, comme un impératif absolu? Rassure-toi, je crois que nous avons chassé de nous le fantôme menaçant de la solitude car plus personne ne pourra nous séparer. Le plus difficile est accompli: tu es ancré en moi, dans ma pensée et tu m'accompagneras partout. Virgile, là s'arrête notre rencontre. Dis-toi que nous serons à l'abri des avanies que le temps fait subir à l'amour. Nous ne verrons pas notre passion se consumer dans le vide et notre extase s'étouffer dans le quotidien; il nous sera épargné l'épuisement à conjuguer la tendresse avec la quotidienneté; du rêve fou naît l'obscène de la routine et de la lassitude du couple. Mais rassure-toi, je ne disparais pas de ta vie. Connais-tu la légende de la renarde, Virgile ? En Chine où subsistent encore maintes superstitions, on dit qu'il existe des êtres fantastiques, capables de changer de forme et doués de pouvoirs surnaturels. La renarde est l'un d'entre eux. Aucun obstacle ne l'empêche de revenir tous les soirs pour partager la couche de celui qu'elle aime tant qu'il en garde le désir. Les Chinois habitent leurs mythes. Ce sera notre secret. Je te manquerai peut-être encore pendant un an et un jour. Puis, après, le temps dévorera jusqu'à la résonance de mon nom. Moi, je continuerai de t'aimer. »

Virgile ne mesura pas tout de suite le séisme qui avait traversé sa vie. Pour lui, la saison de l'attente commença. L'année suivante, le congrès annuel à la fin duquel il avait rencontré Naomi avait lieu à Québec. Virgile s'y rendit. Il rencontra Leïla. Elle n'avait aucunes nouvelles de Naomi. Elle avait disparu. Une fois, il eut la tentation d'envoyer à un journal de Pékin une annonce dans laquelle il donnerait son signalement : un mètre cinquante, visage de lune, cheveux noirs, yeux en amande. Mais ces signes auraient été trop vagues. Il aurait fallu souligner tout ce qu'il y avait de paradoxal, d'unique en elle, comme la façon dont elle portait ses vêtements. Même si certains éléments de sa garde-robe provenant de l'Armée du Salut étaient démodés, elle y brillerait comme un diamant dans sa gangue ; une épiphanie en haillons. Surtout, il aurait fallu décrire ce qui captivait le plus chez Naomi : ses yeux qui pouvaient brûler du feu de la fureur ou de la passion. Si elle avait vécu à une autre époque, sur un autre continent, elle aurait pu orner la façade d'un temple. Mais la description de tous ces charmes ne réussirait pas à dire la fascination qu'avait exercée Naomi sur lui. Une nuit, pris de délire, il avait crié : « Ton image me poursuit encore aujourd'hui, et pourtant tu ne viens pas hanter ma couche. Pourquoi m'as-tu quitté, petite flamme, me laissant transi, solitaire, au milieu de la pluie et du vent ? Reviens, Naomi. J'ai envie de parler avec toi, de rire avec toi, de dormir avec toi. Aucune destinée ne peut être assez cruelle pour m'arracher un amour après me l'avoir donné. »

Et puis vint cette fatidique journée du 4 juin 1989. Virgile et moi regardions distraitement défiler les images sur l'écran de la télé. Brusquement, un présentateur annonça que Radio-Canada interrompait son programme quotidien afin de diffuser une émission spéciale sur les événements en Chine. Le correspondant de Radio-Canada sur place rappelle des dates marquantes : 4 mai 1919, naissance du mouvement des intellectuels partisans d'une « nouvelle culture » ; 1949, victoire de Mao et fondation de la République populaire de Chine ; 1979, Révolution des dazibaos au carrefour de Xidan surnommé depuis le mur de la Démocratie. Il commente la nouvelle émeute. 1989, c'est le chaos en Chine. Depuis cinquante-cinq jours, Pékin est en ébullition. C'est la plus importante vague de fond qui ait jamais balayé cette ville. Depuis le 15 avril, date des premières manifestations étudiantes, pouvoir et population tentent d'établir un impossible dialogue. Impossible parce que les deux parties sont mues par des intérêts divergents. D'un côté, un pouvoir qui veut réinstaurer le conformisme idéologique qu'il a lui-même contribué à saper afin de neutraliser l'action des partisans de la Révolution culturelle, les amis de la Bande des Quatre; de l'autre, un contre-pouvoir revendiquant démocratie et liberté. Aujourd'hui, Pékin explose, le mouvement déclenché par les étudiants ayant gagné toutes les couches de la société urbaine.

On transmet des images en direct. Vue de l'Hôtel de Pékin où se trouve le journaliste; la place Tianan-men, Porte de la Paix céleste, s'étale, majestueuse. Elle divise en deux la principale artère de la ville, qui traverse Pékin d'est en ouest, l'avenue Chang'an, l'avenue de la Longue Paix. Travelling sur les principaux sites et édifices qui se situent sur le parcours: l'Étang des abysses de jade, le palais de l'Empereur, le palais de la Culture, le palais de l'Assemblée du peuple, l'Hôtel de Pékin, la Gare centrale et le célèbre monument aux Héros du Peuple. La place est noire de monde. Un épais cordon de police est déployé des deux côtés de l'avenue Chang'an; elle s'emploie à disperser les passants qui veulent y accéder. Mais la foule qui y afflue ne cesse de grossir. Les soldats ont peine à la contenir. Des camions arrivant par l'est et par l'ouest de l'avenue de la Longue Paix déversent des troupes qui resserrent le cordon autour de la place. En même temps, précédée par un grondement assourdissant, une colonne de chars venue tout droit de la Cité interdite roule vers la place Tiananmen où les manifestants assiégés chantent *L'Internationale* et scandent des slogans.

Se détachant de la masse, un homme s'avance à la rencontre de la colonne. Des millions de paires d'yeux suivent sa lente progression. À moins de deux mètres du premier tank, il s'arrête et se met au garde-à-vous. Le char de tête s'immobilise. Incroyable face-à-face du petit homme et de l'engin meurtrier. Derrière, la vingtaine de blindés attendent, probablement surpris, ignorant tout de l'obstacle. Toujours au garde-à-vous, le petit homme s'adresse aux soldats; le journaliste de Radio-Canada ne saisit probablement pas le sens de son intervention. Un interprète vient à sa rescousse. «Camarades, traduit l'interprète, camarades, nous sommes tous les enfants d'un même peuple. Nous croyons tous au socialisme. Camarades, nous défendons tous la cause du peuple. N'obéissez pas aux ordres fratricides, ne répandez pas le sang de vos frères.» Le premier char amorce un mouvement vers l'avant; le petit homme réagit promptement en étendant les bras, dressant devant lui une barrière autant symbolique que dérisoire.

Le tank effectue une manœuvre à droite afin de contourner l'obstacle. Mais l'homme traverse la chaussée et se retrouve de nouveau devant le canon du blindé. Celui-ci s'oriente alors vers la gauche. Mais le jeune homme buté suit le même mouvement, paralysant la colonne. Et la foule des manifestants et les miliciens et la planète entière regardent le petit homme sans arme qui valse avec l'engin de mort. La colonne exaspérée, suivant sans doute quelque instruction, se remet en branle. Avec une audace effarante, le petit homme escalade la chenille. Le voilà au sommet du tank; il se penche sur l'ouverture donnant accès au poste de pilotage, interpelle le conducteur. « Camarades! » Des miliciens se précipitent et veulent l'attraper. Il saute sur le bitume d'un mouvement si preste qu'on dirait qu'il s'agit d'un jeu. La frêle silhouette bat rapidement en retraite et disparaît de la scène comme elle y était entrée, engloutie par la foule. Naît ainsi la légende du héros inconnu du printemps de Pékin, cette image qui fascinera le monde.

La colonne de tanks reprend sa progression. Parvenue à la hauteur du monument aux Héros du Peuple, leurs tourelles pivotent et braquent leurs feux sur la foule. L'air explose en une fusillade nourrie. Une clameur s'élève, un tumulte incroyable; des hordes de gens en pagaille s'enfuient de tous côtés. Jonchant le sol, les corps de milliers de manifestants. Bouche bée, Virgile assiste à cette scène de carnage. Des blessés tentent péniblement de se relever. Une jeune femme parvient à se redresser. « Naomi », hurle Virgile en tendant les bras vers l'écran. Nouvelle volée de balles, la jeune femme s'écroule, fauchée par la rafale.

Voilà l'histoire, toute l'histoire amoureuse de Virgile, telle que me l'a contée Loana. Ceux qui jusqu'ici en parlaient n'en détenaient que des bribes qu'ils embrouillaient. Personne n'en connaissait vraiment ni le début ni la fin. Personne n'avait posé de questions. Je ne sais à combien sur l'échelle de Richter équivaut le séisme qui avait traversé sa vie. À partir de la mort de Naomi, il s'est laissé aller au plus bas, plus bas encore, découvrant que le fond pouvait atteindre l'infini. La perte de Naomi l'avait privé de ses sens ; il doutait même de sa propre existence au sens où Descartes en parle dans la *Seconde Méditation*. Même empire du doute, même méfiance du pouvoir trompeur de la sensibilité, même vertige poignant que celui qui saisit le philosophe devant le vide lorsqu'il se demande si sa propre existence n'est pas elle-même une illusion, une ruse du diable, une fausse évidence.

L'Histoire est éternelle et Dante l'a illustré de façon mémorable : le fond de l'amour, c'est de penser à quelqu'un hors de sa présence ; puis, l'esprit atteint un tel degré d'effervescence qu'il bascule dans l'abîme. Seul le miracle de l'amour aurait pu aider Virgile à combattre l'inaptitude au bonheur à laquelle il semblait condamné. Virgile se mit à errer, à parcourir obstinément cimetières, cryptes, jardins, squares, parcs, alternant souvenirs de leurs enlacements, de leurs conversations, de leurs baisers et images de leur retour ce samedi soir à l'appartement ; l'espoir d'une résurgence et l'horreur du 4 juin.

À quel moment commença-t-il à ressentir, à propos de son comportement en public, un… — allez savoir comment nommer cela ! — un étrange hiatus, une coupure dans l'intérêt qu'il portait aux autres, un relâchement indéfinissable, un manque d'écho pour ainsi dire ? Il ne sut à quel moment ce relâchement commença à produire des conséquences funestes contre quoi ni la subtilité des cachotteries, ni la délicatesse des amis, ni la machinerie sophistiquée que se fabriquent les humains pour composer leur apparence publique ne pouvaient rien. Il ignora à quel moment la figure de la Méduse apparut et, d'un seul coup de dents, trancha toute attache humaine. L'esprit effiloché, les pensées privées d'ordre, il se traitait de grain de sable, de larve, d'amibe, de plaisanterie du destin, voyant le destin comme une mauvaise plaisanterie. Alors, plutôt mourir.

X

Regardez cette terrasse violemment éclairée
comme un manège de foire...
Regardez ces êtres colorés
comme en un asile des Tropiques :
cow-boys de théâtre... Baudelaire de contrebande,
Coleridge d'occasion, dandies par simulation...

MICHEL-GEORGE MICHEL

Que serait le monde sans les cafés ? Indubitablement, pas ce qu'il est. On peut même affirmer sans risque de se tromper qu'il serait moins civilisé, arrimé strictement aux lois de l'efficacité. Le café appelle les vacances, la mise entre parenthèses de l'ordinaire des jours, l'ouverture sur le hasard. Moi, Jonas Lazard, assis à la terrasse d'un café, je me sens ailleurs. Dans cet espace intermédiaire, je suis bousculé de hasards. Aucun choix possible : je ne peux qu'accepter et aimer les fruits de ce tumulte. J'observe attentivement, je scrute, je cherche à tout capter, de tous côtés. Surtout ne rien laisser perdre! Fonctionner selon le principe d'avidité : tout doit être dévoré des yeux, absorbé. En regardant des visages dont je ne sais ni ce qu'ils sont, ni ce qu'ils espèrent, ni pourquoi ils m'attirent avec une telle intensité, je suis soulevé par un désir, celui de saisir l'autre dans son altérité, dans son halo de présence chaque fois singulier. La pure présence de l'autre. Tout est différent dans la lumière d'un café. Les voix mêlent en une symphonie aurorale de pauvres secrets, des bribes d'aveux et des histoires à dormir debout : on y invente des villes imaginaires, des amours avortées, des retours auxquels, à la vérité, on a depuis longtemps renoncé. Absurde accomplissement au bout de journées murées avant que ne se referme le silence souverain.

À La Brûlerie, bientôt, les portemanteaux ne seront plus orphelins dans leur coin et les tables étalées sur la terrasse disparaîtront dans quelque espace de rangement. Les nuages bas font la course au-dessus du mont Royal et, à cette heure du jour, les corneilles volent au-dessus des maisons en quête des miettes qu'on leur aurait laissées. Si par malchance elles n'en trouvent pas, elles s'assoient sur les fils téléphoniques et attendent en criaillant de temps en temps. L'été n'est déjà plus qu'un souvenir, un feu éteint dans l'âtre. Une bise aigre caresse ce bout du monde et charrie par à-coups l'odeur apaisante du pain qu'on emportera à la maison comme des briques chaudes. Le paysage respire l'énigme. Sous les pas des passants, silhouettes flottantes, bruissent les feuilles froissées ; on dirait un froufrou de satin. L'hiver ne tardera plus. Les saisons ne sont rien d'autre que la fugace rumeur du temps. J'aime l'automne. Cette saison suscite en moi deux sentiments contradictoires : d'une part, elle me ravit, me fait penser à la vie, à la lumière diffuse des après-midi, à la rougeur des érables, au flamboiement des couchers de soleil, l'astre étant petit à petit englouti par le fleuve ; de l'autre, elle m'angoisse, me renvoie à la décadence, à la pourriture, à la mort. Ces sentiments sont intimement liés chez moi : la mort et une sensation de paix lumineuse, la vie et une image sanglante.

Le froid s'installe à pas de chat, les feuilles virevoltent au vent et entrent à voix feutrée dans le silence, le grand silence de l'hiver. La gloire fanée d'août a laissé sa place à l'ambiance quelque peu tristounette de septembre. La terrasse n'arbore plus ni la tiédeur, ni la clarté, ni le parfum des fins d'après-midi caniculaires. Une brume glacée, une odeur d'ozone, émanation des feuilles pourrissantes de l'automne, les ont remplacés. Les érables sont passés du jaune kaki au rouge or. Bientôt ils n'exhiberont plus que leurs indécents squelettes. L'hiver est presque là et je sens, un peu plus chaque année, le temps me glisser entre les doigts, le temps qui met à distance toute chose et dégage le profil de toute solitude.

Plus de trente ans depuis que le Ministère de la Parole (ou ce qui en reste) se réunit dans les cafés. Nos gestes, nos paroles se comprennent dans cette répétition qui nous permet d'échapper à la fuite du temps. Cela fait des années que traîne sur ma table de chevet un livre d'un auteur que je vénère et qui nous exhorte à dire les mots tant qu'il y en a, à les dire jusqu'à ce qu'ils nous disent. Il nous faut continuer à les dire, car ils sont susceptibles de nous porter jusqu'au seuil de notre histoire, devant la porte qui s'ouvre sur notre histoire. Nous avons passé toute une vie à chercher notre propre histoire et nous voilà, à l'orée du grand âge, largués sur une terre qui cherche, elle aussi, à travers toute cette histoire qu'elle subit depuis des siècles, sa propre histoire, son histoire vraie. Il faut donc continuer à dire les mots sous l'arbre dégarni, à attendre, dans le silence rempli à ras bord de murmures, silence qui n'est pas là parce que la représentation est terminée et que les spectateurs s'en vont, mais tout simplement parce que c'est ce vers quoi tend notre quête, la fin d'un monde. Non pas l'apocalypse dans le temps, mais ce moment hors du temps où nous nous abîmerons dans le néant.

Nos rencontres à La Brûlerie ne s'annulent pas, elles s'accumulent dans la même routine paisible des retrouvailles et des au revoir, des instants de détente après la fatigue, du sommeil réparateur après l'agitation. Nous avons planté notre tente sur la Côte-des-Neiges comme sur la barge du temps avec l'ombre du pays natal étendue sur nous tout au long de ces années, jetant sur notre âme un voile de mélancolie. Loin de lui (voit-on mieux de loin?), nous en avons trouvé le pourquoi : le pays est un pays de haine. Ce sol sur lequel se battent et se débattent des millions d'êtres humains, ce sol qui calcine par l'action simultanée de l'iode marin et du soleil, hommes, bêtes et pierres, qui leur donne la couleur du temps, a produit un pays de haine ; une haine rampante, souterraine, invisible qui corrompt toutes nos actions, même les meilleures.

Ces rencontres à La Brûlerie, une façon de donner un coup de pied dans la fourmilière des années, histoire de réveiller au passage les fourmis qui roupillent. L'adolescence nous avait promis une autre vie. Que s'est-il passé ? Qu'avons-nous perdu en route ? Vers quelle nostalgie de ce qui n'a pas eu lieu nous ramènent nos nuits d'insomnie, nos heures d'oisiveté ? J'ai revu à la télévision récemment, au cours d'une de ces fameuses nuits d'insomnie, *Mort à Venise,* l'un des films les plus célèbres de Visconti, adapté d'un court roman de Thomas Mann. Je craignais de mourir d'ennui face à l'esthétique décadente de Visconti, à ce luxe de décors, de toilettes, à la prestation outrancière de Dirk Bogarde, cette vieille chochotte refoulée. Eh bien, non ! Ce film m'a arraché un torrent de larmes. Je l'ai vu d'un œil neuf. Il y a quelques années, cette œuvre m'avait laissé l'impression qu'Aschenbach-Bogarde, en convalescence à Venise, découvrait la beauté juste avant de mourir. En fait, le personnage était déjà mort au début du film : ce n'était qu'un fantôme qui déambulait dans Venise, qui traversait la lagune comme dans la mythologie on franchit l'Achéron, un spectre échappé de son tombeau.

Nous sommes en plein cœur de l'éphémère et merveilleux automne : les oies bientôt changeront de pâturages ; déjà, elles s'exercent à prendre leur vol pour une longue course contre le vent. J'ai marché guilleret, le nez en l'air, jusqu'à La Brûlerie, pensant à la ville de mon enfance dans l'île, là-bas, à la fontaine lumineuse du Bicentenaire. Je me remémorais l'image de ces jeunes couples qui, à la brunante, s'embrassaient dans les allées de la place menant au quai Christophe-Colomb tandis que le son des tambours insomniaques meublait la nuit. Arrivé très tôt, je me suis installé à notre table, goûtant, pour un moment, le privilège d'être seul. Je regarde la rue, j'écoute les conversations autour de moi, une fois de plus frappé par la diversité des accents, et je me dis que chaque jour, dans cette rue, dans ce café, est levée la punition de Babel, cette malédiction qui en réalité s'accompagne aussi d'une bénédiction, puisqu'elle n'est pas fermeture seulement, mais aussi ouverture sur un infini de possibles. Le monde en fait n'est pas constitué de lieux séparés. Le monde est un lieu unique, d'un seul tenant.

J'attends l'heure habituelle de nos rencontres, assailli de toutes parts par les souvenirs anciens. Pendant combien d'années avions-nous exploré les mystères des nuits interdites et les plaisirs d'un monde sans Dieu ? Nous avions connu l'exaltation des sens, les défoulements du corps, l'orgasme libérateur, les feulements de chanteuses, lianes d'ébène ou branches de saule qui lançaient des râles de plaisir sur une trame languide de saxophone, de clarinette ou d'orgue glacé, mimant jusqu'à l'extase la jouissance. Pour la fête. Mais toute fête ne résonne-t-elle pas de sa propre fin ? Qui disait déjà que la vie est une incessante série d'essais et de retouches ? On coud et recoud peu à peu son identité jusqu'à avoir l'illusion de trouver son style avec ses mythes fondateurs et son système de valeurs, puis, peu à peu, on s'aperçoit, ahuri, que ce vêtement que l'on croyait fait sur mesure est lacéré, plein d'accrocs qu'il va falloir se mettre à repriser, sans grand espoir de succès, et l'on découvre, pour la énième fois, que tout est à recommencer. La tapisserie de Pénélope est inépuisable.

L'odeur du café que l'on torréfie m'est douloureuse. Il y a des traces, des capsules de mémoire qui me montent à la gorge. Virgile serait-il resté l'homme qui voulait croire au bonheur, cette idée captieuse, comme disait Valéry, cet ultime symptôme de la lassitude que décrivait Nietzsche dans *Zarathoustra*? Assurément non, puisqu'il a préféré faire comme ces scorpions qui, prisonniers d'un cercle de feu, se piquent eux-mêmes. Pour Virgile, la mort avait choisi l'été.

C'était un 24 juin, jour de la Saint-Jean. Le mont Royal retentissait des accents de la fête. Installés sur la terrasse de La Brûlerie, nous regardions danser les flammes du feu de joie en devisant. Notre attention fut attirée par un tintamarre de sirènes d'ambulances et de voitures pourvues de gyrophares, par le va-et-vient d'agents de police. Que pouvait-il bien se passer? Le bruit courait qu'on avait découvert un cadavre dans une chambre du Royal Terrasse Hôtel, nous apprit un curieux. Il était, semble-t-il, étendu sur un lit de fleurs, défiguré, la tête presque arrachée par une déflagration. Mais à l'allure des vêtements, il pouvait s'agir d'un Noir qu'on voyait souvent errer sur la Côte-des-Neiges.

Du moins c'était l'hypothèse que faisaient les policiers. Assassinat? Règlement de compte? Il y aurait enquête.

Nous eûmes le sentiment que ce devait être Virgile. Le docteur prononça illico l'oraison funèbre de celui qui toute sa vie avait prôné « le passage de l'arme de la théorie à la théorie des armes » et qui aurait simplement mal apprécié les dangers d'un détonateur électrique. Dionysos d'Acapulco avait un autre point de vue : « Chacun d'entre nous a son crédit d'adolescence. Certains le dilapident tout de suite, d'autres très tard, d'autres, comme Virgile, tout au fil de leur vie. » Virgile, fauve blessé, était mort sans scène d'adieu, sans copains autour de lui pour évoquer des souvenirs de jeunesse. Il avait entrepris seul, ce jour-là, le voyage définitif. Il avait quitté, à sa façon, notre monde. Les ambulanciers sortirent le cadavre sur une civière, enveloppé dans une housse à fermeture éclair. Nous n'avons pas revu Virgile. On l'a déclaré mort pour être en conformité avec les termes de la loi, les registres d'état civil qu'exigent le monde, la vie de tous les jours.

La douleur avait monté du sarcophage et était entrée en moi, grandissante, incandescente comme un tourbillon de guêpes affolées. L'homme que j'ai connu et qui me manquera était capable de s'émouvoir devant les beautés de la nature : un vol d'oiseaux migrateurs, l'appel répété d'un huard du Pacifique, un soleil d'ambre qui filtrait l'air, un soir, près de la croix du mont Royal le laissaient stupéfait de se trouver là à ce moment précis. Pas étonnant qu'il se soit enlevé la vie sur un lit de fleurs ; c'était une fin digne de lui.

Dave et le docteur Barzac arrivent en même temps. Ils sont passés auparavant voir Pélissier qu'une attaque cérébrale a laissé hémiplégique. Plus retiré en lui-même que jamais, plus seul que jamais, à demi aveugle, Pélissier vivait cloîtré dans une chambre sombre, attendant avec impatience le moment de s'abîmer dans l'oubli. Il n'acceptait pas sa nuit. « Il suffit d'un incident pour conduire un homme à jouer sur un autre ton la partition qui lui est attribuée », conclut Barzac après avoir fait la relation de sa visite à Pélissier. Quand celui-ci eut reconnu leur voix, il avait passé le tranchant de sa main valide sous son cou, accompagnant son geste de l'onomatopée « clic ». Puis il s'est recouvert la tête d'un drap blanc comme un suaire.

Les autres et les hôtes de passage font successivement leur entrée. On dirait une pièce de théâtre bien montée. Dionysos d'Acapulco sera le dernier. Il s'arrête sur le seuil, jette un coup d'œil panoramique sur la salle, ébouriffe sa tignasse blanche et, sûr de l'effet produit, s'achemine vers le groupe. « Comment allez-vous, messieurs ? » « Nap boulé », répondons-nous presque en cœur. Pourquoi répondre « On brûle » quand on nous demande de nos nouvelles ? Ces mots viennent probablement de loin, du fin fond de l'été perpétuel de l'île, l'été noir et radieux de l'île où même l'ombre est saturée de braises. Ils viennent sans nul doute d'encore plus loin, de la condition mortelle de l'homme, de la pénitence des pécheurs et enfin du secret espoir que tel le phénix nous finirons par renaître de nos cendres. « Nap boulé », une expression de fabrication bien créole, un verbe solide, fort. « Nap boulé », répète Dionysos d'Acapulco avant que ses yeux ne balaient le mur et ne s'arrêtent sur l'affiche publicitaire vantant le café Blue Mountain de la Jamaïque : la photo d'un Nègre hilare, dansant en cueillant les cerises rouges, sous les flammes ardentes du soleil. « Ce matin, des cadavres d'oiseaux ont été trouvés jonchant le parc. Que deviendra notre terre si les oiseaux ne peuvent plus voler librement et se mettent à tomber du ciel ? » Dionysos a un air de vieil adolescent lunaire dans ses vêtements de lin, camaïeu de beiges discrets, un air de ne pas savoir où il en est dans sa vie pourtant arrivée plus qu'à mi-course.

Comme d'habitude, il demandera à la serveuse de remporter le verre d'eau qu'elle a automatiquement déposé sur la table devant lui : « Mon père est mort en buvant de l'eau. » C'est une façon bien à lui de dire qu'il emploie le temps qui lui reste — s'il lui en reste — à tenir en lisière les atteintes de l'âge ainsi que les forces nombreuses et pressantes qui l'assaillent, jugeant probablement que le terme est quasi échu. Il commandera un pichet de bière et boira d'affilée deux grands verres, sans sourciller : « Messieurs, nous vivons d'étranges temps : le pape célèbre Che Guevara ; Fidel, encore un peu, recevrait la communion et *Granma*, le journal du parti, est devenu un bulletin paroissial. » Ça, c'est bien Dionysos d'Acapulco. Il ne se pointe jamais là où on l'attend, dédaignant de causer de choses simples : du temps qu'il fait, de la difficulté à trouver une place assise dans l'autobus — ou s'introduisant dans la discussion que Dave a entamée à propos d'une exposition de peinture d'un peintre latino dont le vernissage a eu lieu la veille au Centre culturel Côte-des-Neiges. Dionysos d'Acapulco, qui n'y est pourtant pas allé, affirme que les toiles ne valent même pas les cadres sur lesquels elles sont montées.

Dionysos ouvre sa boîte à blagues par une devinette. « Savez-vous de quoi rêve le Québécois lorsqu'il dort ? » Silence. « De l'Ontario ! Tout ce qui lui demeure interdit dans l'état de veille trouve, la nuit, droit de cité dans l'assujettissement inquiet de sa province. Et vous, messieurs, de quoi rêvez-vous ? » Rapides échanges de regards perplexes autour de la table. Une voix, celle d'un nouveau venu, lance : « Du retour. » Dionysos éclate d'un rire sonore. « Il n'y aura de retour pour aucun de vous. Quelle déception quand je contemple votre pays qui, il y a quatre siècles, avait été surnommé la perle des Antilles et qui fut avant-gardiste en proclamant la fin de l'esclavage. Aujourd'hui, il est descendu du podium, descendu si bas qu'il m'arrive de douter de son histoire. Le monde se demande si vous êtes dignes de vos ancêtres. Il doute même de la légitimité de votre naissance, ayant appris que vous êtes les gens les plus ignorants de la planète et les propres fossoyeurs de votre gloire ancienne. » Silence. On n'entend que le bruit des tasses heurtant les soucoupes ou celui des bouches lapant le liquide. Les yeux ne voient que les ornements floraux, les tableaux au mur, les lustres du plafond.

Dionysos ne semble plus s'adresser qu'au nouveau venu. « Il n'y aura pas de retour pour ces messieurs, pour toutes les raisons qu'on connaît et surtout parce qu'ils participent de la vie de cette ville. Ils ont réussi à fixer leurs empreintes dans ce quartier. Ainsi, ils bénéficient d'un observatoire d'où ils peuvent voir l'ailleurs, et cela jusqu'au vertige. Peut-être qu'après toutes ces années de vie à Montréal, cette ville a fini par constituer une composante obligée de leur jeu : ils sont comme des enfants, ils utilisent le simulacre, le faire semblant, le travestissement ; ils se déguisent tantôt en Haïtiens, tantôt en Québécois, mais à la vérité, ils ne sont de nulle part. Non, ils sont montréalais ou même exclusivement citoyens de Côte-des-Neiges. Si on pouvait avoir une citoyenneté de quartier ! Pour eux, être à Côte-des-Neiges, c'est comme s'adonner à un jeu de hasard ; ils prennent congé du quotidien pour jouer à un jeu qui sert de trait d'union entre ce qui est et ce qui aurait pu être. Ils y trouvent le liant de leur existence ballottée entre l'inutile et l'accessoire, entre le dehors et le dedans. C'est le moyen qu'ils ont trouvé de se construire un espace-temps clos qui, dans son déroulement, abolit la linéarité du temps, leur permet de ne pas le contrer directement, de le tromper, d'échapper à l'inévitable érosion et ainsi d'arpenter un univers stable, ordonné, sans miracle, sans métamorphose. Ils habitent la terrasse de La Brûlerie, après avoir promené leur gueule nostalgique dans tous les cafés du coin. Ils ont découvert leur café, comme Verlaine, le Procope, Pessoa l'Arcada, Kafka, le Savoy. »

Tout en parlant, il secoue la tête, ce qui fait voleter ses cheveux blancs. Aiguillonné par notre silence, il plante sa dernière banderille : « La flânerie et l'ironie sont des stratégies de survie qu'ils déploient jusque dans leur façon de se saluer : à chaque rencontre, ils se tapent dans la main comme les joueurs de basket ou encore se serrent le poignet puis la main d'une manière virile. Ce rituel ludique est un signe de ralliement. À bien y réfléchir, il est un des liants imaginaires sans lesquels il n'y aurait plus d'échappée, plus d'embellie, plus aucune espèce de jeu. Et s'il n'y a plus de jeu, que leur restera-t-il face au temps qui se dérobe ? »

Dionysos venait de révéler publiquement quelque chose que chacun d'entre nous, dans son for intérieur, savait depuis longtemps mais dont il voulait en ignorer la portée. Se pourrait-il que nous ayons été aveuglés par l'alternance des consolations et des désolations ou tout simplement par notre espoir, comme dans la légende des miroirs d'eau : celui qui se penche sur ces légendaires miroirs magiques ne voit ni son reflet, ni celui du monde, mais celui d'un temps évanoui ? Est-il possible que le contraire de l'oubli, la mémoire, soit simplement la réactivation d'anciennes blessures ? Ne sommes-nous que des chasseurs de mystères, des décrypteurs d'ombres perdues dans le bleu néfaste des nuits de Montréal ?

Depuis des décennies que tu vis au Québec, avoue que si tu t'es résigné à faire le deuil du pays, la part de toi-même qui en a fait le plus de frais ne s'est pas autrement comportée dans la vie courante. Cela fait longtemps que tu aurais passé l'arme à gauche si tu n'avais pas eu pour t'accompagner, durant toutes ces années, la mémoire, le souvenir, un capital d'images de ta lointaine enfance. Sans eux tu n'aurais jamais pu apprécier le trésor de sagesse amassée comme une fourmi besogneuse, trésor que tu t'apprêtes, maintenant que tu te vois avancer vers le grand âge, à déployer en drapeaux, à poser en sémaphore dont les feux, quoiqu'ils balisent un océan agité d'événements, de rencontres, de déceptions, de dépressions, éclaireront la fin de la route d'un voyageur aux bagages souvent égarés.

Tu t'es borné à devenir ce que tu es, un être rebelle traquant les pièges de tous les esclavages, de toutes les oppressions et de toutes les dominations. Aujourd'hui que tu as perdu tes illusions, il ne te reste — à moins que ce soit une dernière et tenace illusion comme le sont les chimères — qu'un bien précieux, celui que tu places au-dessus de tous les autres, par-delà la richesse, la santé et la chance : la liberté. Tu es un homme tellement libre que souvent tu te surprends à trembler, par peur d'être ivre de cette liberté. Longtemps tu as couvé un grand doute, une angoisse même, quant à toute possibilité d'épanouissement dans la condition de transplanté en voyant la déchéance des arbres géants, le nanisme de ce qui se préparait à être gigantesque — palmier, cocotier, ficus, avocatier… — et qui, déplacé de son habitat naturel, a eu un destin dérisoire de bonsaï. Maintenant tu sais. La vieillesse frappera à ta porte bientôt ; cependant, il t'arrive encore en fouillant dans tes poches d'y trouver des billes, un lance-pierre, un yoyo et une toupie. Ah, l'illusion !

La paix du café est troublée par l'entrée tumultueuse de six soudards accompagnés de six déesses d'Égypte. Ils s'emparent bruyamment d'une table, indifférents aux quatre joueurs de cartes vietnamiens qui boivent comme des trous et finiront peut-être par se battre comme ils le font souvent : des luttes muettes et violentes dont il ne restera le lendemain qu'un peu de verre brisé. Très vite, la table sera chargée de débris de sandwichs, de muffins, des restes d'une salade de carottes râpées et de miettes de pain.

Je ne reconnais plus la Côte-des-Neiges. Même la cuisine a changé et les mangeurs aussi. On ne cherche désormais plus à concilier santé, plaisir du goût et appétit. Partout des banderoles annoncent « SPAGHETTI À VOLONTÉ », « MOULES À VOLONTÉ », « POINTES DE PIZZA »… Elles côtoient les multiples « LE BEAT MOLSON DRY — PRENEZ LE BEAT DE LA PLANÈTE ». Depuis que le capitalisme triomphant a réussi à se défaire de la classe ouvrière et à la diviser en deux sous-classes, les employés et les exclus, les sectes pullulent, telles que les témoins de Jéhovah et les adeptes de l'Ordre du Temple solaire. Toutes proclament que la fin du monde est proche. Même l'oratoire Saint-Joseph s'est mis de la partie. Le sacristain répète à tous vents que la lutte contre le Mal réclame un engagement, une vigilance constante, quotidienne, la libération définitive n'étant qu'une perspective eschatologique. Le quartier devient de plus en plus une Mecque, une Rome, un point névralgique.

Le quartier s'est métamorphosé. Tout un monde grouillant et coloré de moines, de mendiants, de vadrouilleurs, d'écrivassiers ; toute une faune : boucles d'oreilles, anneau dans le nez ou accroché à une lèvre ou au nombril, lunettes d'aviateurs, longs cheveux rastas, blousons, bottes de cuir, tatouages ; aussi des femmes, tissus adipeux entrant et sortant de chez Weight Watchers, qui a remplacé le salon Aphrodite. La Côte-des-Neiges a pour extension le monde entier, surtout depuis qu'il est troué de portes de toutes sortes ouvertes sur l'infini : le métro, l'autobus, le funérarium qu'on a fini par construire… La Côte-des-Neiges n'est plus un abri mais une vaste baraque foraine. L'Équinoxe a succédé au Sous-marin. Avec sa légion de serveuses en petite tenue qui se font payer sur-le-champ bière, natchos ou limonade, il ressemble davantage à un bar de banlieue qu'à un lieu propice à la réinvention du monde. Un cloître des temps modernes où se retirent la solitude, l'insatisfaction, la révolte. On y compense les insuffisances de l'existence véritable. On y prie d'autres dieux. Il s'y joue un autre jeu, secret, indéchiffrable pour un non-initié. Lieu de régression et d'appauvrissement, dit Dionysos, puisque la majorité des gens sont là par désœuvrement. Pourtant, ceux qui fréquentent l'Équinoxe ne sont pas là par hasard. Ils y trouvent, j'en suis certain, des complicités, des joies à partager. Je garde la mémoire d'une nuit, l'été dernier.

La rue était déserte. Était-ce l'aube ou le cœur de la nuit ? Impossible de le savoir. De l'Équinoxe est sortie une femme qui a descendu les six marches menant au trottoir. De là, elle a tourné la tête, promené un regard attentif et sans gêne sur les derniers buveurs attardés à la terrasse, puis elle a repris sa route. Cette démarche fière, qui martelait le sol, était-ce la solitude aventurière qui revenait bredouille de sa soirée à l'Équinoxe ? Le chasseur en moi s'est réveillé et a suivi la proie : fourreau rouge fendu haut sur la cuisse, décolleté plongeant jusqu'au creux des fesses, cou allongé comme celui des femmes-girafes de Birmanie, chaussures dorées à hauts talons sur bas noirs en filet. Mettre à l'épreuve l'imagination et la mémoire : revoir la robe moulante de Rita Hayworth dans *Gilda,* la robe de scène constellée de perles iridescentes de Marlène Dietrich, la robe anguille en souffle de soie couleur de peau de Bianchini. Penser à Greta Garbo qui, dit-on, ne portait pas de fourreau parce qu'elle était trop grande, trop anguleuse. Défilé de femmes célèbres : Audrey Hepburn, Ava Gardner, Delphine Seyrig, Coco Chanel, Madonna… Et s'arrêter à disséquer la fascination qu'exerce le vêtement, ce qu'il cache ou révèle. Et penser à Roland Barthes qui écrivait que la femme en fourreau a la volupté d'un éclat serti d'ombre. Et analyser le jeu des femmes avec leur corps. Et s'interroger sur cette ambivalence contrainte/liberté qu'elles pratiquent tour à tour.

La tache rouge dans la nuit avançait avec des mouvements de métronome, nerveuse comme un pur-sang. Quelques enjambées accélérées comme un battement d'ailes ; cou tendu, les longues jambes, sans effort et sans bruit, ont déposé un pied sur le trottoir, puis l'autre, dans un délicat froufrou, exhibant les bas noirs sur l'audace des escarpins dorés à hauts talons.

Elle était parée de tous les artifices de la séduction. Seule la voix trahira le déguisement quand elle dira d'une voix gutturale : « John ! Je pensais que tu m'avais posé un lapin. » Image de vertige : les amoureux, c'est bien connu, sont seuls au monde. Retour sur la terrasse presque déserte de l'Équinoxe. J'aurais dû passer mon chemin, mais quelque chose me retenait. Musique rythmée d'un tango sortie du juke-box. Et je me crus en train de regarder *L'Histoire du soldat* de Stravinski. Un coup de talon et voilà le tango qui vient chatouiller leur corps. Il remonte par les chevilles, les genoux, les cuisses et embrase le pelvis. Les reins ploient, la taille se cambre, le bassin remonte, les épaules se rejettent en arrière. La cuisse gainée de noir se détache, papillonne, légère, éperdue. Le souffle du désir passe entre les corps ; la musique et la danse.

Deux êtres dansaient dans la jouissance fébrile de ce moment de bonheur. Dansaient-ils les blessures de la vie, la défaite, la déchéance ? Dansaient-ils le ressentiment et la flagellation ? Le temps s'était arrêté sur la Côte-des-Neiges. Ils dansaient une danse insouciante, juste avant l'aube. Bien que la danse ait été improvisée, elle paraissait chorégraphiée à la virgule près tant les gestes étaient à la fois fluides et précis. À un moment, ils se sont enlacés pour quelques pas. Dans le tournis de la danse, l'intensité d'un baiser ; instants merveilleux, magiques. Deux êtres glissaient sur le plancher rugueux de la terrasse de l'Équinoxe.

La ville éteignait à pas de loup ses derniers feux. La musique avait cessé, mais je continuais à l'entendre.

J'ai suivi le couple jusqu'au Royal Terrasse Hôtel. Là, l'ascenseur l'a avalé et je m'en suis allé, sans connaître la fin. Était-ce, dans l'obscurité de la chambre, une fête des corps, avec la gaucherie, la timidité et ce rien de gêne que la première fois il faut briser ? Je le sais, je suis un chasseur de mystères, un décrypteur d'ombres perdues dans le bleu néfaste des nuits ferventes de Montréal.

Une aube blême, fragile, indécise naissait sur le mont Royal. Je levai les yeux vers le ciel. Cet énorme nuage noir qui pointait à l'horizon n'annonçait pas l'orage. C'était une volée d'étourneaux affamés. Quand ces oiseaux débarquent dans la région, avec un gros appétit, ils savent reconnaître la pomme mûre, le raisin sur la bonne treille, l'épis de maïs bien sucré. Une seule volée peut détruire en quelques minutes un hectare florissant.

Le grand éclat de rire, qui accueille la conclusion de Dionysos à je ne sais quel développement pseudo-philosophique, me ramène à la réalité : « Si j'étais premier ministre de ce pays, je fermerais les cafés, car ceux qui fréquentent ces endroits s'y échauffent dangereusement la cervelle. » Il est minuit, La Brûlerie va fermer ses portes. Plus question d'aller finir la nuit au Café Campus. Il a emporté ses pénates dans le Plateau Mont-Royal. Soir de grisaille dans les rues de Montréal. Un des hôtes de passage, nouvellement arrivé, ne sait plus quelle direction prendre pour rentrer chez lui. « Et dans quelle partie de la ville demeurez-vous ? » lui demande Dave. « Du côté de La Salle Heights. » Sa prononciation anglaise est incorrecte. J'ai entendu la Salaise, un nom qui convient tout à fait à ce lieu sinistre qui rappelle les corons décrits par Zola dans *Germinal*. Un lieu de laideur où logent des ouvriers, attenant à la Seagram, une fabrique de whisky. Cela me rappelle la Saline, ce quartier populaire de Port-au-Prince. Comme si la détresse avait une couleur, la même, internationale.

« C'est assez loin. Il faudra prendre le dernier métro jusqu'à la station Angrignon et faire le reste à pied. » Dionysos s'éclipse promptement; il prétend être en retard : une dénommée Altagrâce doit l'attendre depuis longtemps. Existe-t-elle ailleurs que dans ses fantasmes? Qu'elle possède un prénom semble en tout cas suffisant. On l'a vu plusieurs fois, ces derniers jours, se lever en plein milieu d'une discussion, aller jusqu'à la cabine téléphonique, décrocher et parler longuement. Y avait-il une personne au bout du fil? Allez savoir. Le vent souffle en bourrasque. Barzac enfonce ses mains dans ses poches et Dave enroule son foulard de laine autour de son cou, remonte le col de son blouson en maugréant : « Quel temps détestable. » L'hiver avance en pays conquis et s'apprête à arrêter indéfiniment dans les parages. C'est bien connu : au Canada, il gèle en septembre, il peut neiger en octobre, et cela depuis toujours, bien avant El Niño. Dave et le docteur s'en vont attendre l'autobus 51 rare à cette heure de la nuit, presque légendaire. En marchant, ils forment un couple. Leurs deux manteaux s'entretissent. Ils ont l'air en plein accord. La même façon de se pencher pour contrer le vent, la même raideur dans la démarche désignant immanquablement, en Amérique du Nord, ceux qui y déambulent sans y être nés.

Tu décides une fois de plus de faire cavalier seul. Conduis ta barque, Jonas; prends ton accordéon, accorde le tempo et rejoue le tango de l'authentique Jonas Lazard; puise tes harmonies aux sources de tes désirs. Tu vas droit devant toi, un peu à l'aveuglette dans la nuit. Tu es surpris de voir cette femme assise au bas de l'escalier menant au restaurant végétarien qui occupe l'étage de l'ancien Musée de cire. Même à cette heure tardive, elle tend la main pour la charité, la face voilée. Vraiment, la Côte-des-Neiges s'est métamorphosée. Un matin, on a emporté (mais où?) les statues du Musée de cire, et le rez-de-chaussée du nouveau local n'est plus qu'une surface où se côtoient pharmacie, marchand de tabac, kiosque à journaux, débit de boissons gazeuses, bureau de poste. Sur la Côte-des-Neiges, des panneaux publicitaires occupent tous les espaces vides. « On pense que je suis sexy, moi je le sais », dit une fille-brindille, nombril au vent, allure convalescente, emblème des années anorexiques; l'affiche, plus grande que nature, envahit le paysage visuel, le pollue. Te remontent aux lèvres des vers de Yeats, ce poète irlandais: « Tout a changé du tout au tout: / une beauté terrible est née. »

Ici, sur un mur, des graffitis proclamant un « Québec libre » sont à moitié effacés. Au bas d'une baie vitrée, un « Oui » à l'encre rouge, vestige du dernier référendum, a résisté à l'usure du temps. Là, tout un pâté d'immeubles vides attend les pioches des démolisseurs qui feront d'eux des ruines. Certains, déjà, n'offrent plus au regard que des vestiges : escalier suspendu au-dessus du vide, pans de murs mal démolis, lambeaux de plâtre, fragments de briques. La maquette d'un building en béton gris, massif, orgueilleux, ceinturé de balcons métalliques brillants signifie la fin d'un temps. Mais je ne quitterai pas pour autant Côte-des-Neiges : les transformations, les déguisements, les recommencements ont leurs limites. Ainsi va la vie. Jusqu'à ce qu'un jour de sec été, ou de pluvieux automne, la mort, profitant d'un moment où j'aurai baissé la garde, me tranchera la tête au bord du champ. Il est plus facile de s'évader d'Alcatraz que de quitter Côte-des-Neiges.